꿈

SOGNI(DREAMS)
by Franz Kafka, edited by Gaspare Giudice

프란츠 카프카
꿈

배수아 옮김

work
room

일러두기

이 책은 1990년 이탈리아 셀레리오 출판사(Sellerio Editore)에서 가스파르 주디체(Gaspare Giudice)의 편집으로 처음 출간된 프란츠 카프카(Franz Kafka)의 『꿈(Sogni)』을 1993년 독일 피셔 출판사(Fischer Taschenbuch Verlag)에서 미하엘 뮐러(Michael Müller)가 재편집한 책, 『꿈(Träume)』을 한국어로 옮긴 것이다.

「이 책에 대하여」, 「서문」, 그리고 본문의 주(註)는 옮긴이 또는 편집자가 작성했다. 본문 뒤 별도의 「주해」는 이탈리아어판 편집인 가스파르 주디체가 썼고, 이를 독일어판 편집인 미하엘 뮐러가 검토했다. 한스게르트 코흐가 쓴 「후기」의 경우 별도의 표기가 없으면 코흐의 주이다.

원문에서 이탤릭체로 강조된 부분은 방점을 찍어 구분했다.

이 책에서 날짜와 날짜 사이의 빗금(/)은 다양한 의미로 빈번히 쓰였다. '사이'의 뜻일 경우 '앞선 날과 뒤따르는 날 사이'를 가리킬 수도 있고, '앞선 날의 밤부터 뒤따르는 날의 아침 사이'를 뜻할 때도 있다. 즉 펠리체 바우어에게 보낸 편지 '1912. 12. 22/23'의 경우 1912년 12월 22일과 23일 이틀 동안 쓰인 것인지, 22일과 23일 사이의 밤에 한번에 쓰인 것인지 판단할 수 없다. 한편 '또는'의 의미로 쓰였을 경우 '1912. 12. 22/23'은 22일 혹은 23일로, 기록이 확실치 않음을 나타낸다.

줄임표 또한 다양한 용도로 사용되었다. 따라서 말끝이 줄었을 때나 말 없음을 나타낼 때는 6점 줄임표를 쓰고, 그 외에는 3점 줄임표에 소괄호를 쳐 구분했다. 문장 중간부터 인용되었을 경우, 괄호 친 줄임표를 문장 맨 앞에 붙여 썼다. 문장 끝부분이 생략되었을 경우, 괄호 친 줄임표를 문장 맨 뒤에 붙여 썼다. 완전한 문장이 생략되었을 경우, 앞뒤를 한 칸씩 띄고 괄호 친 줄임표를 넣었다.

이 책에 실린 카프카의 글들은 그 출처가 약어로 표기되어 있다. 약어 관련 정보는 167~169쪽에서 찾아볼 수 있다.

차례

작가에 대하여

프란츠 카프카(Franz Kafka, 1883~1924)는 1883년 7월 3일 유대계 상인의 아들로 프라하에서 태어났다. 프라하 구시가지의 독일계 초등학교와 김나지움에 이어 1901년부터 1906년 사이 역시 독일계 학교인 카를페르디난트 대학교에서 처음 얼마간은 독문학을 공부하며 첫 단편「어느 투쟁의 기록」을 썼으나, 아버지의 강권으로 이후 법학을 공부했다. 법학 박사 학위를 받은 후 1년 동안의 법률 실습을 거쳐 1907년 이탈리아계 민간 보험회사 아시쿠라치오니 제네랄리에 들어갔고, 이어 1908년 노동자 재해보험 공사에 법률 전문가로 입사해 1922년까지 근무했다.

카프카는 낮에는 직장에 다니고 밤에는 글을 썼다.「판결」,「변신」,「유형지에서」,「단식 광대」,「시골 의사」등 여러 단편과 장편소설『실종자』,『소송』,『성』등이 그 꿈의 산물이다. 그는 글쓰기에 대한 집착과 불안, 아버지와의 갈등으로 인해 펠리체 바우어와 두 번, 율리에 보리체크와 한 번 약혼하고 파혼했다.

1917년 말 카프카는 결핵에 걸렸고 각혈로 고생했다. 몇 년 뒤인 1924년 6월 3일, 마흔의 나이로 사망한다. 친구 막스 브로트에게 자신의 작품과 문서들을 모두 불태워 없애 달라는 유언을 남겼으나 브로트는 이를 상당 부분 편집하고 출판해 세상에 전했다.

이 책에 대하여

프란츠 카프카의 『꿈』은 2012년 늦여름 그 일부가 소개될 예정이었다. '번역'을 주제로 그해 발간된 잡지 『버수스(versus)』 5호(갤러리 팩토리)에 참여한 번역가 배수아는, 이후 사데크 헤다야트의 소설 『눈먼 부엉이』를 발견해 잡지에 일부 싣게 되어 계획은 무산되었지만, 카프카가 쓴 글 중 '꿈'에 관한 텍스트를 담은 책 — 이 책의 독일어 판본 — 에서 한 대목을 발췌해 옮기고 싶다고 했다.

"지워지지 않는 꿈. 그녀는 시골길을 가고 있었다. 나는 그 모습을 보지 못했다. 단지 그녀가 지나가면서 가볍게 흔들리는 여운을 느꼈을 뿐이다. 베일을 바람에 날리며, 그녀는 걸음을 옮겼다. 나는 들판 가장자리에 앉아 작은 시냇물 속을 들여다보았다. 그녀는 마을을 지나쳐 갔다. 문 앞에는 아이들이 서 있었다. 아이들은 그녀가 다가오는 것을 쳐다보았다. 그리고 지나가는 그녀의 뒷모습을 물끄러미 응시했다."(106쪽)

작가 배수아는 어느 단편에서 이 대목을 차용한 적이 있었다. '그녀'를 '그'로 바꾸고 각 문장들을 다듬었지만 거의 원문 그대로 인용했다. 이 부분이 몹시 아름다웠고 잊히지 않아 인용한 것이었지만, 더욱 근본적인 이유는, "꿈속의 이 장면이 한 사람의 떠나감 — 죽음 — 을 오직 묘사로 아름답게 은유하고 있다고 느꼈기" 때문이었다.

카프카는 지워지지 않는 꿈들을 소설에, 편지에, 일기에 기록했다. 그 기록을 발췌해 모은 이 책은, 꿈들에 홀린 자들이 잠 없는 밤 벌인 투쟁을 담고 있다.

편집자

이 책의 이탈리아어 초판에 대하여*

장 파울**은 썼다. "시인에게 꿈은 더욱 강력한 영향을 미친다. 시인은 환상과 더불어 살기 때문이다." 그러나 이 설명은 카프카의 경우에는 해당하지 않는다. 물론 카프카에게도 꿈은 종종 환상적 글쓰기를 위한 동기가 되어주기는 했으나, 그보다는 깨어 있는 시간 동안 무서운 공포에 시달리게끔 하는 효과가 더욱 컸다. "나는 잠을 잘 수가 없습니다. 오직 꿈을 꿀 뿐입니다. 잠 없는 꿈을." 일기와 편지, 그리고 메모의 형태로 카프카는 그 공포심을 기록했다. 그런 기록들만을 원문에서 따로 떼어 하나의 '단행본'으로 묶으면, 비록 처음부터 꿈을 주제 삼아 작업한 글은 아니지만, 아주 매혹적인 한 권의 책이 만들어진다. 그렇게 만들어진 이 책의 첫 번째 특징은 다양한 사건과 변화가 파도처럼 계속 밀려오면서 일렁이는 데다가 비록 종종 현실과 모순적인 위치에 있기는 하지만, 그래도 카프카의 실제 주변 인물들 혹은 작중인물들이 실제의 장소에서 행동하는 것을 볼 수 있다는 점이다. 두 번째로 카프카는 꿈을 꾸고 난 다음 날 그 꿈을 아주 생생하게 묘사해놓

* 이 글은 프란츠 카프카의 『꿈』 독일어 판본에 실린 소개문이다.

** Jean Paul(1763~1825). 독일 낭만주의 문학을 대표하는 소설가. 공상과 현실, 청아함과 그로테스크함을 오갔고 유머와 아이러니에 능했다. 독일 교양소설 계보에 속하는 4권의 장편 『거인(Titan)』(1800~3), 문학론 『미학 입문(Vorschule der Ästhetik)』(1804) 등을 썼다.

아서, 독자들은 마치 영화의 에피소드를 관람하듯 그 꿈들을 따라가면서 그대로 체험할 수 있다. 또한 이 책은 소규모 문헌 자료이기도 하다. 꿈에 관한 카프카의 모든 기록을 연도별로 정리했고 카프카 자신이 꿈과 꿈꾸기의 현상에 대해 언급한 주석들도 모았다.

이 책은 이탈리아의 셀레리오 출판사(Sellerio Editore)에서 처음 출간되었다. 이탈리아어판 편집인 가스파르 주디체(Gaspare Giudice)는 1925년 2월 25일 로마에서 태어났고 현재(1993년) 나폴리에서 살고 있다. 1947년 스테판 말라르메(Stéphane Mallarmé) 연구로 박사 학위를 받았다. 1963년에는 루이지 피란델로(Luigi Pirandello)의 전기를 썼고 여러 신문과 잡지에 다수의 문학비평을 발표했다. 독일어판 편집인 미하엘 뮐러(Michael Müller)는 1950년 4월 29일 브레멘에서 태어나 현재 뮌헨 인근에서 살고 있다. 그는 위르겐 보른(Jürgen Born)과 공동으로 프란츠 카프카의 『밀레나에게 보내는 편지(Briefe an Milena)』(피셔[Fischer] 문고본 5307번)를 펴냈으며 1982년 이후 S. 피셔 출판사에서 출간하고 있는 『카프카 비평 주석본(Kritischen Kafka Ausgabe)』의 공동 편집인이기도 하다.

이 책의 독일어 판본에 대하여

1990년 이탈리아에서 카프카의 글 중 꿈의 내용을 기록한 대목과 카프카가 직접 자신의 꿈꾸기를 설명한 부분을 모은 책이 처음으로 출간되었다(프란츠 카프카, 『꿈[Sogni]』[셀레리오 출판사, 1990]). 편집인 가스파르 주디체는 서문에서, 카프카의 글은 꿈과 밀접한 관련이 있으므로, 이 책을 통해 독자는 카프카의 새로운 '작품' 한 편을 더 얻는 셈이라고 했다. 실제로 카프카의 일기나 편지에서 꿈에 관한 내용만을 이렇게 따로 떼어놓고 보니, 마치 하나의 독자적 작품처럼, 새로운 특성과 질을 가진 작품처럼 읽히는 것이 사실이다. 이 독일어 판본은 — 몇몇 사소한 예외를 제외하고는 — 주디체가 택한 텍스트를 그 순서 그대로 싣고 있다. 단지 세 번째 장(章)인 「파편(Frammenti)」(이탈리아 편집인이 붙인 제목)에서는 불가피하게 선별 작업이 이루어졌다. 꿈의 특징을 나타내는 데 다른 원고와 마찬가지로 전혀 손색이 없다고 여겨질 수 있는 일부 원고들이 빠진 점에 대해 매우 아쉬워하는 독자들이 많겠지만, 편집 취지를 고려할 때 선별을 할 수밖에 없었다. 가스파르 주디체의 주해 부분은 독일어 판본을 내기 위해 다시 한번 정비했다. 이 책의 주해는 꿈의 기록을 카프카의 일대기와 연결하는 역할을 한다. 즉 카프카의 꿈을 카프카의 삶 속 사건과 가능한 범주에서 명확히 연결시켜 보려고 했다. 더 나아가 사실관계를 밝힘으로써 글 속에 언급된 실제 인물들과 장소에 관한 정보를 제공하고자 했다. 카프카의 꿈을 '해석'하려는 시도는 하지 않았다. 그것은 독자 자신에게 맡긴다.

미하엘 뮐러(독일어판 편집인)

서문

> "꿈의 제왕, 위대한 이자카르는 거울 앞에 앉아서 등을 거울의 표면에 바싹 대고 머리를 뒤로 젖혀 거울 속 깊숙이 담갔다. 그러자 여명의 제왕인 헤르마나가 와서 이자카르의 가슴으로 가라앉았다. 마침내 이자카르가 여명 속으로 완전히 사라질 때까지."(H 207)*

불안한 꿈에 시달리다가 잠에서 깨어난 어느 날 아침, "그레고르 잠자는 소름 끼치는 벌레로 변한 채 침대 위에 누워 있는 자신을 발견했다." 프란츠 카프카의 가장 유명한 소설 중 하나의 시작은 이러하다. 이 첫 번째 문장만을 보면 소설 「변신(Die Verwandlung)」은 주인공이 꾸는 악몽의 연속인 듯하다. 혹은 "침대에서 고통스러워 하던 중"(F 102) 이 이야기를 생각해냈다는 작가 자신이 직접 꾼 악몽의 내용처럼 보이기도 한다. 하지만 곧이어 명백하게 "그것은 꿈이 아니었다"고 단정함으로써, 카프카는 이 비현

* 『카프카와 영화: 영화적 글쓰기에 관하여(Kafka und der Film: Über kinematographisches Erzählen)』(C. H. 베크[C. H. Beck], 2009)에서, 저자 페터안드레 알트(Peter-André Alt)는 이 두 인물이 카프카가 창조해낸 이들이라 말한다. 헤르마나는 카프카가 지어낸 이름이고, 이자카르는 성서 속 야곱의 아홉 번째 아들 이름에서 따온 것이며, 카프카는 프리드리히 빌헬름 무르나우(Friedrich Wilhelm Murnau)의 뱀파이어 영화 「노스페라투(Nosferatu)」의 장면을 보고 영감을 받아 이 부분을 썼을 것이고, 기존의 신화에서 가져온 것은 아니리라는 의견을 밝힌다.

실적인 사건을 간편하게 풀이해버릴 수 있는 가능성을 독자들로부터 빼앗아가 버린다. 이제 독자는 곤충이 되어버린 한 인간의 변신을 사실 자체로, 현실적인 것 그 자체로 받아들여야만 한다. 사실적인 세계를 이성의 척도로 파악하는 데 익숙해 있는 사람은 누구나 다 처음에는 혼란을 느끼고, 문학에서 도움을 받아 이 문제를 해결해보려고 한다. "(…)사람들은 리얼리즘을 경멸하는 경향이 있고, 리얼리즘과 함께 리얼리즘의 바람직한 면조차도 창밖으로 던져버린다." 1916년 프란츠 헤르비히*는, 프란츠 카프카의 단편도 함께 수록된 '최후 심판의 날(Der jüngste Tag)' 시리즈의 작가들을 다룬 글에서 분노에 찬 어조로 밝혔다. "공상가"라는 말은, 어떤 사람에게는 단순한 욕이지만, 어떤 사람들은 젊은 작가의 창조적 재능을 인정하는 의미로 사용하기도 했다. "신비함 속에도 논리가 있다"면서, 역시 같은 해인 1916년 오스카어 발첼**은 프라하 출신의 프란츠 카프카를 인정했다. 그는 카프카가 다른 작가들, 예를 들면 신비한 것을 꿈으로 나타내는 구스타프 마이링크***나, 시간적으로 지리적으로 동떨어진 미지의 장소에서 신비한 일이 벌어지게끔 묘사하는 파울 아들

* Franz Herwig(1880~1931). 독일 작가, 비평가.
** Oskar Walzel(1864~1944). 오스트리아 문학자, 문학 교수.
*** Gustav Meyrink(1868~1932). 오스트리아 은행가이자 작가로, 신비주의에 심취했다. 그의 첫 장편소설이자 대표작 『골렘(Der Golem)』(1915)은 프라하 유대인 거리에서 보석 세공업자로 변신한 화자의 꿈에 진흙으로 빚어진 정체불명의 생명체 '골렘'이 수시로 출현하는 몽환적인 이야기이다.

러*와 비교할 때 "현실의 삶과 더 밀접하게 맞물려 있다"고 말했다.(BOI 148)

작가의 의도를 무시한 채, 이렇게 말할 수도 있다. 그레고르 잠자의 변신은 꿈이다, 그러나 그것이 꿈이라는 것이 집요하게 부인된다는 점, 바로 그 점 때문에 이 이야기는 효과를 발휘한다고. 「변신」은 리얼리티의 통용되는 개념에 의문을 제기한다. 혹은 통용되는 개념을 확장할 것을 요구한다. 꿈과 같은 — 혹은 신비한, 또는 환상적인 — 이야기를 독자의 눈앞에 실재인 것으로 제시하고, 실재적인 수법을 사용해서 설명하기. 많은 카프카 작품들의 효과가 탄생하는 지점이 바로 여기이다. "그 어떤 나쁜 짓도 저지르지 않은" 어떤 사람이 어느 날 아침 갑자기 체포당하고 그를 상대로 '소송'이 벌어지는 것은 꿈속에서나 일어나는 사건이 아니던가? 혹은 아주 성실하고 착한 아들이 아버지로부터 죽음의 저주를 받은 뒤 자기 스스로 그 '판결'을 실행해버리는 것은? 하지만 독자는 이런 이야기를 읽기 시작하자마자 불가능한 사건들을 현실의 것으로 받아들이게 되고, 그것들을 자기 자신의 현실에 적용할 수 있다. 우리가 알고 있는 인과관계의 법칙은 카프카의 텍스트에서 큰 힘을 쓰지 못한다. 하지만 그 안에 또 다른 법칙이 있음을 우리는 눈치채게 된다. 빌에리히 포이케르트**는 1927년 소설 『소송(Der Prozeß)』에 대한

* Paul Adler(1878~1946). 프라하 출신의 유대계 독일 작가.

** Will-Erich Peuckert(1895~1969). 독일 민속학자, 작가.

서평에서 다음과 같이 썼다. "프란츠 카프카의 책은 자신을 둘러싼 일상과 관습을 잘 이해하면서 살고 있다가, 어느 날 갑자기 그 일상의 뒤편에서 불가해한 어떤 새로운 일상이 그를 향해 고개를 쳐들게 된 한 사람의 이야기를 담고 있다. 그런데 내가 '일상의 뒤편에서'라고 했나? 아니다, 그건 '일상의 한가운데서'가 맞다."(BOII 130)

그렇듯 카프카는 비실재적인 것을 실재의 반열에 올려놓는다. 그리하여 우리로 하여금 우리의 세계를 새롭게 바라보도록 만든다. 이 세상에는 우리가 이해할 수 없는 것이 존재하고, 그것은 우리가 이성으로 설명할 수 있는 것보다 더욱 강력하게 우리의 삶에 영향을 미친다는 것을, 우리에게 분명하게 암시한다. 언젠가 그는 일기에서 자신의 글쓰기가 "꿈과 같은 내면의 삶"을 묘사하는 일이라고 했다. 이 말은 그가 한 편의 작품을 쓰기 전에 우선 외부 세계의 모든 영향을 하나하나 주의 깊게 차단하려 했다는 사실과 부합한다. 그는 글을 쓰기 위해서는 무엇보다도 "홀로됨"이야말로 절대로 포기할 수 없는 무조건의 전제라고 여러 번이나 밝혔다. 그래서 대개 깊은 밤에 자신의 방에 틀어박힌 채, 혹은 심지어 오직 그 목적을 위해 임대한 집에 책상을 가져다놓고 글을 썼던 것이다. 그것은 단순히 어떤 창작의 분위기를 조성하려는 것이 아니라, 자신을 특정한 정신 상태로 몰아가려는 구체적인 시도였다. 많은 점에서 꿈꾸는 자의 상태와 부합하는 정신 상태로. 그의 일기에는 이런 정신 상태에 대해 묘사한 부분이 있다. 그의 꿈이 갖는 "힘"은 심지어 "잠이 들기도 전부터 그의 깨어 있는 상태로 침입해 들어오"며, 그는 이러한 중간의 영역에 있을 때 자신의 작가적 능력을 온전하게 인식하게 된다고. "나는 내 존재의 밑바닥까지 최대한 이완되고, 내가 원하는 것은 무엇이든지 내 안에서 꺼내 위로 들어 올릴 수 있다."(KKAT 53)

"오직 그렇게만 글이 쓰일 수 있다. 오직 그런 상태에서만, 육신과 영혼의 그런 완전한 개방 상태에서만" 하고 그는 자신의 작품 「판결(Das Urteil)」에 주석을 달아 놓았다. 그는 "밤에 …… 10시에 쓰기 시작하여 다음 날 아침 6시까지 쉬지 않고 단숨에 「판결」을 써나갔다."(KKAT 460) 작가가 이런 식으로 하나의 작품을 완성할 경우, 보통 이성적 사고에 따라 움직이려는 자기 검열은 작동하지 않게 된다. "모든 것이 시도될 수 있다. 모든 것, 최대치로 기괴한 발상이라 할지라도 얼마든지 나타났다가 사라지게 하고 다시 되살릴 수 있는 불길이 충분히 준비되어 있다."(KKAT 460) 이렇게 탄생한 작품은 작가 자신만의 논리, 꿈의 논리를 따른다. 이 안에서 독자는 꿈의 구조와 자꾸만 마주치고, 이성으로는 명확하게 설명되지 않은 일이 자꾸만 일어나며, 익숙한 차원의 시간과 공간 개념이 와해되고 만다. 환자가 생기는 바람에 왕진을 가야 하는 시골 의사는 하필이면 그때 그의 유일한 말이 죽어버리고, 몇 년 동안 사용하지 않던 돼지우리의 문이 열리더니 그 안에 마부 한 명이 쪼그려 앉아 있고, "옆구리가 튼

실한 말 두 마리"가 문틈으로 나온다. 시골 의사가 마차에 올라타자 마부는 제자리로 돌아가버린다. 마부가 손뼉을 치자, 마차는 "나뭇가지가 물결에 쓸려가듯이 앞으로 와락 질주한다." "하지만 그것도 잠시, 마치 환자의 집 마당이 내 집 바로 앞에 이어지기라도 한 것처럼, 어느덧 말들은 조용하게 멈추어 있고, 나는 이미 그곳에 도착한 다음이었다……."(E 125)

이렇듯 카프카가 꿈을 재료로 하여 작품을 쓴 것은 맞다. 하지만 그것은 자신이 실제로 꾼 꿈을 그대로 설명하고 재현해놓은 글, 즉 꿈의 기록이 곧 그의 작품이라는 의미는 물론 아니다. 그의 작품은 예술적 꿈에 가깝다. 예술적 꿈은 "가수면 상태의 환상"과 거기서 태어난 아이디어를 문학으로 가공하고 꿈의 세계를 연상시키는 그림들을 도입하는 창작 방식이다. 하지만 그의 꿈은 철저하게 리얼리즘적 방식으로 기술된다. 그리하여 모든 텍스트에서 다음과 같은 주장이 암시적으로 포함될 수밖에 없도록 만든다. "이것은 꿈이 아니다." 오스카어 발첼은 「변신」에 대해서, 카프카는 단지 이야기의 도입부에서만 우리를 믿기 힘든 이야기로, 즉 변신이라는 신기한 사건으로 데려갈 뿐이라고 설명했다. "카프카는 이상한 일의 발생을 (…) 오직 한 번만 사용한다. 나머지 작업에서는 자연주의자라도 부러워할 만한 지극히 현실적인 표현을 철저하게 유지한다."(위에서 언급한 출처, 147f.)

하지만 우리는 카프카가 남긴 편지와 일기에서, 그

가 꿈 때문에 고통을 당했음을 알고 있다. 카프카는 꿈을 자신의 글쓰기에 적대적인 그 무엇으로 느끼고 있었다. 그의 불면과 마찬가지로 그의 꿈 또한 카프카의 집필 활동을 심각하게 저해하는 장본이었기 때문이다. "신은 심지어 꿈도 없는 잠을 요구합니다" 하고 그는, 하루의 일과 혹은 더욱 정확히 말하면 밤의 일과에 대해 연인 펠리체 바우어(Felice Bauer)에게 써 보낸 편지에서 자조적으로 표현했다. 하지만 그 소망은 대개 이루어지지 못했다. "(…)이제부터 대략 새벽 5시까지, 밤새도록, 비록 잠이 든다 해도 너무나 강력한 꿈에 사로잡힌 나머지 동시에 의식이 깨어 있을 수밖에 없는, 그런 상태가 계속된다." (KKAT 49f.) 가수면 상태의 환상이나 몽상이 생산적인 창작 활동을 돕는 것과는 반대로, 카프카의 꿈들은 그를 무섭게 압박했고 절대 기세가 누그러지는 법이 없었다. 카프카는 몇몇 꿈들을 잠에서 깬 직후 글로 옮겨놓기도 했는데 이것은 자신의 꿈을 문학으로 가공하려는 시도였으리라고 보인다. 그렇지만 그 안에서는 항상 카프카 자신의 주변 인물들, 그에게 익숙한 장소들과 같은 리얼리즘의 입자들이 목격된다. 많은 경우 이 꿈들은 카프카가 평소에 안고 있던 문제점의 소산이라는 것이 명백하다. 흔하게 등장하는 것은 카프카로 짐작할 수 있는 인물과 아버지이다. 펠리체 바우어와의 관계, 그리고 나중에는 밀레나 예젠스카(Milena Jesenská)와의 관계에 도사린 문제점들로 해석할 수 있는 일련의 독자적인 내용들도 꿈을 이루고 있다. 그의 꿈의 기록이 얼마나 많은 정도로 — 그중에서도 특히 한 명의 독자를 위한 글의 경우 — 문학화된 상태인지는 확실히 알 수 없다. 카프카가 자신의 꿈을 편지에 써서 보낸 수취인들의 수는 매우 적다. 카프카의 누이인 오틀라(Ottla), 친구인 막스 브로트(Max Brod)와 펠릭스 벨치(Felix Weltsch), 그리고 어느 일정 기간 동안 카프카와 밀접한 관계였던 두 명의 여인, 펠리체 바우어와 밀레나 예젠스카뿐이다. 카프카는 남다르고 밀접한 친구들, 신뢰할 수 있는 가까운 사람들에게만 자신의 꿈을 전달했음이 분명하다. 그는 꿈 이야기를 털어놓음으로써, 그들이 자신의 내면까지 이해해주기를 바란 것이다. 1921년 10월 그가 밀레나 예젠스카에게 자신의 일기장을 넘겨주었을 때처럼. 카프카 자신이 1922년 3월 22일 묘사해놓은 대로, 그가 작성한 꿈의 기록에는 "평범한 현실의 삶과 현실처럼 보이는 공포 사이의 경계"가 종종 무너진다.(KKAT 913) 심리학을 잘 모르는 독자라 해도 간결하게 압축된, 그리하여 효력이 증폭된 프란츠 카프카의 꿈 묘사를 읽으면 그 정신세계의 풍경을 충분히 상상할 수 있다.

"문 뒤에는 아주 가파른 벽이 허공으로 치솟아 있었다. 아버지는 거의 춤추는 것 같은 걸음걸이로 그 벽을 올라갔다. 올라가는 아버지의 다리가 날아갈 듯 너울거렸다. 그처럼 그의 발걸음은 가벼워 보였다. 분명 부족한 배려심 탓에, 아버지는 나를 전혀 도와주지 않았다. 나는 네 발로 간신히 기어서, 죽을힘을 다해 올라갔지만, 자꾸만

뒤로 미끄러지곤 했다. 벽은 내 발 아래에서 더욱더 가파르게 변하는 것만 같았다."(KKAT 419)

미하엘 뮐러

꿈

"매일 밤 나는 투쟁한다"

잠, 깨어남 그리고 꿈에 관하여

잠 없는 밤. 벌써 사흘째나 이어지는 중이다. 잠이 쉽게 들지만, 한 시간 후쯤, 마치 머리를 잘못된 구멍에 갖다 뉜 것처럼 잠이 깨버린다. (…) 이제부터 대략 새벽 5시까지, 밤새도록, 비록 잠이 든다 해도 너무나 강력한 꿈에 사로잡힌 나머지 동시에 의식이 깨어 있을 수밖에 없는, 그런 상태가 계속된다. 형식적으로야 내 육신과 나란히 누워서 잠을 자는 것이긴 하지만, 그러나 사실은 그동안 꿈으로 나 자신을 쉴 새 없이 두들겨대야만 하는 것이다. 5시 무렵, 최후의 잠 한 조각까지도 모두 소진되어 버리고 나면, 그때부터는 오직 꿈을 꿀 뿐이다. 그것은 깨어 있는 것보다 더욱 힘들다. 나는 밤새도록, 건강한 사람이라면 잠들기 직전에 잠시 느끼는 그런 혼몽한 상태를 유지하게 된다. 잠에서 깨어나면 모든 꿈들이 내 주변에 모여 있다. 그러나 나는 그 꿈들을 기억해내지 않으려 애쓴다.

일기, 1911. 10. 2. KKAT 49f.

잠이 들기에 유리하다고 생각되는 조건은 최대한 무거워지는 것이다. 그러기 위하여 나는 팔짱을 낀 후 두 손을 양 어깨에 올렸다. 그렇게 상자 속에 포장된 군인처럼 나는 침대에 누웠다. 그러자 다시금 꿈은, 잠이 들기도 전에 깨어 있는 나의 의식으로 침입해 들어왔고, 나는 잠을 이룰 수가 없었다. 저녁이나 아침 무렵, 작가로서의 내 능력은 자의식 속에서 무한히 발휘된다. 나는 내 존재의 밑바닥까지 최대한 이완되고, 내가 원하는 것은 무엇이든지 내 안에서 꺼내 위로 들어 올릴 수 있다.

일기, 1911. 10. 3. KKAT 52f.

자서전을 쓰고 싶다는 소망을, 언제든 내가 사무실에서 해방되는 바로 그 순간에 실행에 옮기게 될 것이다. (…) 자서전 쓰기는 커다란 기쁨 그 자체가 되리라. 마치 꿈을 그대로 기록하는 것처럼, 글은 앞으로 술술 나가게 될 테니까(…).

일기, 1911. 12. 17. KKAT 298

(나는) 여전히 잠의 영향 아래서, 그리하여 지속적으로 이어지는 신비한 상상 속에서, 당신과, 그리고 어쩌면 가능할지도 모를 베를린 여행을 생각했습니다.

펠리체 바우어에게, 1912. 12. 22/23. F 202

(…)나는 잠들지 않을 것입니다, 단지 꿈을 꿀 것입니다.

펠리체 바우어에게, 1913. 1. 22/23. F 264

잠을 잘 수가 없다. 잠을 자는 것이 아니라 꿈을 꿀 뿐이다.

일기, 1913. 7. 21. KKAT 567

내가 가진 잠이란 것은, 낮에 떠올랐던 생각들이 그 어떤 환상도 없이 피상적으로, 오직 격앙된 형태로 반복되며 재현될 뿐인 그런 꿈으로 가득합니다. 깨어 있을 때보다 더욱 날카롭고 더욱 자극적으로 변해서 말입니다.

그레테 블로흐(Grete Bloch)에게, 1914. 2. 11. F 501

문학적으로 보자면 내 생은 지극히 단순하다. 꿈과 같은 내면의 삶을 묘사하는 일이 운명이자 의미이고, 나머지는 전부 주변적인 사건이 되었다. 삶은 무서울 정도로 위축되었고, 점점 더 계속해서 위축되어간다. 그 어떤 일에서도 이처럼 큰 만족감을 얻지 못했다.

일기, 1914. 8. 6. KKAT 546

어째서 당신은 꿈을 내면의 계명에 비유하는 것입니까? 계명이 꿈과 마찬가지로 무의미하다고 생각하나요? 전후 관계도 없고, 피할 수도 없고, 일회적이며, 아무런 이유도 없이 행복감을 주는가 하면 반대로 공포심을 자아내는 것, 온전한 전달이 불가능하면서도 전달을 강요하는 것이라고 본단 말입니까?

그것은 모두, 그저 무의미할 뿐입니다. 단지 내가 그것들을 따르지 않을 경우에만 나는 여기 존재할 수가 있으니까요. 전후 관계도 없습니다. 나는 누가 계명을 내리는 당사자인지, 꿈의 의도가 무엇인지 알지 못합니다. 피할 수 없습니다. 그것은 전혀 준비되지 않은 상태인 나를 덮칩니다. 마치 잠자리에 들려고 누운 사람이 꿈에게 기습당하고, 꿈의 손아귀에 사로잡혀 버리는 것처럼 말이죠. 그것은 일회적입니다, 적어도 일회적으로 보입니다. 내가 그것을 따를 수 없기 때문이지요. 그것은 현실과 섞이지 않고, 그로 인해 자신의 원초적 일회성을 온전하게 유지합니다. 꿈과 계명 모두 특별한 이유 없이 행복감을 줄 수도 있고 공포를 주기도 합니다. 두 번째 감정에 비해서 첫 번째 감정을 주는 경우가 극히 드물긴 하지만요. 그것은 전달될 수 없습니다. 왜냐하면 인간이 이해할 수 없기 때문이죠. 하지만 바로 그 이유 때문에, 그것은 전달을 강요합니다.

『여덟 권의 노트』* 제4권, 1918. 2. 7. H 82

(…)진정한 수확은 밤이 깊은 후 두 시간, 세 시간, 네 시간 정도 지난 후에 찾아옵니다. 그러니 늦어도 자정까지 잠자리에 들지 않으면, 나는, 밤과 낮은, 그대로 사라져버리게 되는 거죠.

밀레나 예젠스카에게, 1920. 8. 26. M 229

나는 내가 누구인지를 기억해 냈습니다. 더 이상 당신의 눈동자 속에서 실망을 읽지 않았습니다. 나는 꿈의 경악

* 『여덟 권의 노트(Die Acht Oktavhefte)』는 카프카가 1916/7년 작은 노트(옥타프헤프트)에 자신의 글쓰기를 독특한 방식으로 설명해놓은 텍스트로, 그의 사후 출간되었다.

을(사람이 편한 척 행동하기에는 적절하지 않은 어떤 장소이기도 합니다) 지니고 있었습니다. 그 경악은 깨어 있는 현실에서도 여전히 내 안에 있습니다. 나는 어둠으로 돌아가야 했습니다. 나는 태양을 견딜 수가 없었습니다(…).

밀레나 예젠스카에게, 1920. 9. 14. M 262f.

(…)고통, 그것은 밤새도록 잠을 파헤치는 쟁기질입니다. 그리고 낮 또한 파헤칩니다. 견딜 수 없이 힘듭니다.

밀레나 예젠스카에게, 1920. 11. M 301

꿈과 백일몽

꿈속에서 나는 무희 에두아르도바에게, 차르다시*를 한 번만 더 추어줄 수 있겠느냐고 부탁했다. 그녀의 얼굴 가운데, 아래쪽 이마에서 턱 사이로 널따란 띠 모양의 그늘 혹은 빛이 지나가고 있었다. 바로 그 순간 역겨울 정도로 기분 나쁜 음모가의 태도가 무의식적으로 몸에 밴 누군가가 우리에게 다가왔다. 그리고 그녀에게 기차가 곧 출발한다고 알렸다. 그녀가 그 말에 귀를 기울이는 모습을 보니, 참으로 끔찍하게도 그녀는 더 이상 춤을 추지 않을 것임이 분명해졌다. "난 참 나쁜 여자예요, 그렇지 않나요?" 하고 그녀가 말했다. 아닙니다, 라는 대답을 나는 하지 않았다. 나는 아무 방향으로나 무작정 걷기 위해 몸을 돌렸다.

그 전에 나는 그녀가 허리띠에 꽂고 있는 여러 송이의 꽃들에 대해서 물어보았다. "이건 전 유럽의 영주들로부터 받은 거예요." 그녀가 말했다. 무희 에두아르도바의 허리띠에 싱싱하게 꽂혀 있는 꽃들이 전 유럽의 영주들로부터 받은 선물이라는 말이 과연 무엇을 의미하는지, 나는 곰곰이 생각해보았다.

일기, 1909년 5월 무렵. KKAT 10[1]

* 헝가리 무용곡. 4분의4박자 또는 4분의2박자로, 느리고 우울한 부분과 빠르고 격렬한 부분이 있다.

프라하에서의 첫 번째 밤, 내 생각엔 밤새도록 내내 쉬지 않고 꿈을 꾼 것 같습니다. (잠은 그 꿈의 끝에 매달려 있었습니다. 파리의 신 건축물에 구조물 뼈대가 매달려 있듯이.) 꿈속에서 나는 잠을 자기 위해 어떤 커다란 집에 방을 잡았습니다. 그 집은 오직 파리의 합승 마차, 자동차, 버스 등으로만 이루어졌는데, 그들은 다른 것에는 전혀 관심을 두지 않고 오직 서로서로 지나치며 앞으로 맹렬하게 달리는 데만, 서로의 위와 아래에서 겹치며 달려가는 데만 온 신경을 집중하고 있었습니다. 그들에게는 오직 요금과 연결 편, 팁, 페레르 역* 방향, 위조지폐 등등을 제외하고는 그 어떤 다른 말이나 생각도 존재하지 않았습니다. 그런 실질적인 문제에 대해 전혀 아는 바가 없는 나는 꿈에 시달리느라 잠을 자지 못했고, 미칠 듯이 괴로운 가운데서도 꿈을 끝까지 견디어낼 수밖에 없었습니다. 마음속으로 나는 울부짖었습니다, 여행을 마치고 와서 휴식이 참으로 필요한 나를, 하필이면 이런 집에 묵게 한 사람이 누구냐고. 그러나 바로 그 순간에도 내 속에는 꿈의 열성 당원이 한 명 있어서, 그는 프랑스 의사들이 하는(그들은 목까지 단추를 채운 가운을 입고 있지요) 위협적인 인사의 몸짓으로, 이 밤의 불가피성을 인정하고 있었습니다.

막스와 오토 브로트에게, 1910. 10. 20. BKB 80f.[2]

* 파리 지하철 3호선 역 이름. 1910년 5월 23일 개통되었다.

어젯밤에는 라이트메리처에 사는 숙모의 딸인 듯한 한 아이가 끔찍하게도 눈이 먼 채로 나타났다. 숙모에게는 딸이라고는 그 아이 하나뿐이고 나머지는 다 아들인데 아들 중 한 명은 예전에 발이 부러진 적이 있다. 숙모의 딸은 마르슈너 박사의 딸과 서로 아는 사이이다. 얼마 전 나는 박사의 딸을 본 적이 있는데, 그녀는 귀여운 어린아이에서 뻣뻣하게 차려입은 키 작고 뚱뚱한 소녀로 성장해가는 중이었다. 꿈속의 눈먼, 혹은 지독한 근시의 아이는 안경을 쓰고 있었고, 안경알로부터 무척이나 멀리 떨어져서 자리 잡은 왼쪽 눈동자는 우유처럼 뿌연 회색빛이면서 앞으로 둥글게 불쑥 튀어나왔다. 오른쪽 눈동자는 반대로 뒤로 움푹 들어갔으며 이번에는 안경알이 눈동자 바로 위에 덮여 있었다. 그런 특이한 형태의 안경을 쓰고 제대로 볼 수 있으려면 귀에 걸치는 평범한 안경다리 대신 지렛대가 필수적이었다. 지렛대의 머리는 광대뼈에 고정되었고, 안경알에 매달린 채 뺨으로 내려온 가느다란 철사는 살을 파고들어가 뼈까지 연결되었다. 그리고 살에서 튀어나온 다른 철사 하나가 귀 위쪽을 거쳐 뒤편으로 이어졌다.

일기, 1911. 10. 2. KKAT 50f.[3]

어젯밤 꿈, 처음에는 그 꿈이 그다지 마음에 들지 않았다. 단지 두 가지 상반되는 감각으로 이루어진 어떤 자그마하고 우스꽝스러운 장면 하나를 제외한다면. 그 장면은 꿈속에서 맛보는 엄청난 희열이라는 결과로 나를 이끌었지만, 그 결과는 곧 망각되고 말았다. 나는 — 처음부터 막스도 나와 함께 있었는지 그것은 알 수 없다 — 서로 연결된 채 길게 죽 늘어선 건물의 2층 혹은 3층의 실내를 관통해 걸어갔다. 객차와 객차 사이의 통로를 따라 열차를 관통해 가듯이 말이다. 나는 아주 다급하게 걸음을 옮겼다. 몇몇 건물들은 너무나도 낡아빠져서 금방이라도 무너질 듯했기에 서두를 필요가 있었던 것이다. 건물과 건물 사이를 이어주는 문은 내 눈에는 보이지 않았고 커다란 방 하나처럼 통로가 죽 이어져 있을 뿐이지만, 그럼에도 불구하고 건물을 하나씩 지날 때마다 매번 다른 집으로 들어선다는 느낌은 확연했다. 내가 지나친 방들에는 아무 장식도 없이 침대만 놓여 있었다. 내가 걸어가는 왼편, 지붕 밑 방처럼 비스듬하게 경사졌으며 어두컴컴하거나 혹은 지저분하게 보이는 벽을 따라 놓여 있는 침대는 아주 전형적인 평범한 물건이었다. 시트를 씌운 나지막한 침대에는 거친 아마포 이불이 깔려 있는데, 그곳에서 잠을 자고 있는 사람의 발에 짓뭉개진 상태로 끄트머리가 침대 아래로 축 늘어져 있었다. 나는 사람들이 잠자는 침실을 통과해서 지나간다는 사실이 부끄러웠다. 그래서 발끝을 세우고 큰 보폭으로 걸으면서, 나의 이런 행동에서 제발 이 사람들이 알아차려 주기를 바랐다. 나는 어쩔 수 없이 여기를 지나가고 있으며, 모든 걸음을 최대한 가볍게 소리 없이 디디고 감으로써 실제로는 있어도 없는 것처럼 아무런 피해를 주고 싶지 않은 마음임을. 그래서 나는 한 방에서는 절대 고개를 다른 쪽으로 돌리지 않았고, 오른쪽에 있는 골목길 방향 아니면 왼쪽의 뒷벽 쪽으로만 시선을 주었다. 건물을 관통할 때마다 나타나는 집과 집 사이에는 종종 매음굴이 자리 잡고 있었다. 아마도 나는 그곳으로 가려고 이 통로로 접어들었음이 확실하지만, 그럼에도 불구하고 나는 매음굴에 이르면 더욱 걸음을 빨리하여 그곳을 떠나버리곤 했으므로 매음굴이 거기 있다는 사실 말고는 아무것도 보지 못했다. 그런데 가장 마지막에 나타난 방도 매음굴이었고, 나는 거기 머물렀다. 내가 마지막으로 통과한 문과 마주 보고 있는 벽, 즉 이어진 이 건물들의 가장 끝에 있는 마지막 벽은 유리로 되었거나, 아니면 아예 벽 자체가 뚫려 있는 것 같았다. 만약 후자라면 계속해서 앞으로 걸어갔을 경우 나는 아래로 추락했을 것이다. 벽이 뚫려 있었을 가능성이 더 높다. 창녀들이 바닥 가장자리에 누워 있었는데, 땅바닥에 누운 두 명의 창녀를 분명히 보았고, 그중 한 명은 머리가 바닥 가장자리를 조금 넘어서서 아래로 살짝 늘어진, 허공에 매달린 모양새였기 때문이다. 왼쪽에는 벽이 서 있었다. 하지만 오른쪽 벽은 완전한 형태가 아니라서, 아래의 뜰이, 비록 바닥까지는 아니지만, 어느 정도 내려다보였고, 허물어질 듯한 회색빛 층계가 아래층의 여러 방으로 이어졌다. 실내의 불빛으로 판단해보건대 이 방의 천장은 다른 방들과 똑같이 생겼다. 내가 볼일이 있는 창녀는 머리를 허공에 늘어뜨린 그 창녀였다. 막스는 그녀의 왼쪽 곁에 함께 누워 있었다.

나는 그녀의 다리를 만졌고, 허벅지 여기저기를 계속해서 고르게 눌러댔다. 그 일이 얼마나 기분이 좋은지, 최고의 쾌락을 주는 이런 행위가 공짜라는 사실이 이상할 정도였다. 나는 오직 나 혼자서 이 세상 전체를 속이고 있다고 굳게 믿었다. 그러자 창녀가 다리를 가만히 둔 채 상체를 일으켰고, 나에게 등을 돌렸다. 놀랍게도 그녀의 등은 봉인과 같은 붉은색 커다란 원들로 뒤덮여 있었다. 원들의 가장자리는 붉은색이 희미하게 바랬고, 원과 원 사이에는 터져나간 붉은색 파편이 가득 뿌려져 있었다. 그제야 나는 그녀의 몸 전체가 그런 자국으로 뒤덮여 있고, 내 엄지손가락이 그녀의 허벅지 위에 있는 붉은 얼룩을 만지고 있을 뿐 아니라, 내 다른 손가락들도 전부 찢겨진 봉인의 붉은 파편과 같은 얼룩투성이임을 알아차렸다. 나는 몸을 움츠리고 물러났다. 아래쪽 계단이 합쳐지는 중간 지점에 여러 명의 남자들이 벽에 붙어 서서, 계단을 오르내리는 작은 무리의 사람들이 그곳을 다 통과할 때까지 기다리는 것 같았다. 그들은 마치 시골 남자들이 일요일 아침 장터 마당에 몰려 서 있듯이, 그렇게 기다리고 있었다. 그래서 그날도 일요일이었다. 여기서도 무언가 이상한 일이 벌어졌다. 막스와 내가 어떤 이유로 두려워하는 한 남자가 그 자리에서 빠져나오더니, 계단을 올라 내게로 다가왔다. 그 자가 뭔가 위협적인 행동을 할 거라고 예상한 나와 막스가 겁먹고 있는 사이, 그는 나에게 바보같이 실없는 질문 하나를 던졌다. 나는 자리에서 일어서서, 막스가 겁도 없이 그곳 식당 왼편 땅바닥 어딘가에 앉아 걸쭉한 감자 수프를 떠먹는 것을 걱정스럽게 지켜보았다. 수프 속에서 커다랗고 둥근 감자 덩어리들이 올라왔다. 주로 떠오르는 것은 커다란 덩어리 하나였다. 막스는 감자를 숟가락으로 눌렀다. 숟가락을 두 개 사용해 감자를 수프 속으로 밀어 넣거나, 아니면 단순히 숟가락으로 감자를 건드려보기만 하는 건지도 몰랐다.

일기, 1911. 10. 9. KKAT 70~73[4]

어젯밤 나는 꿈에서, 그레이하운드처럼 생겼는데 태도가 몹시 수줍은 당나귀를 한 마리 보았다. 나는 당나귀를 아주 자세히 관찰했다. 꿈속에서도 그 모습이 이상하다는 것을 알아차렸기 때문이다. 하지만 아직까지 기억나는 것은 오직, 사람의 것처럼 좁다란 당나귀의 발이 너무 길고 모양이 지나치게 단조로워 마음에 들지 않았다는 것뿐이다. 나는 방금 한 취리히 노부인에게서(이 일은 전부 취리히에서 일어난다) 얻은 짙은 초록 측백나무 가지 한 다발을 당나귀에게 내밀었다. 당나귀는 그것을 먹지 않고 단지 코를 몇 번 킁킁거리며 냄새를 맡았을 뿐이다. 하지만 내가 가지를 탁자 위에 내려놓자 달려들어 몽땅 먹어치우고, 밤톨처럼 생긴 씨앗만 한 개 남겨놓았다. 조금 후에 이런 말을 들었는데, 그 당나귀는 지금껏 한 번도 네 다리로 걸은 적이 없고, 항상 사람처럼 두 다리로 일어서서 은색으로 반짝이는 가슴 털과 배를 내보이면서 걷는다는 것이다. 하지만 그건 맞는 말이 아니었다.

그 밖에도 나는 취리히 구세군 집회 비슷한 모임에서 한 영국인을 알게 되는 꿈을 꾸었다. 그곳의 좌석은 학교를 연상시켰는데, 필기대 아래에 칸막이 서랍이 달려 있었기 때문이다. 서랍 속에 손을 넣어 물건을 정돈하면서, 사람이 여행 중에도 이토록 쉽게 친구를 사귈 수 있다니 신기하다는 생각이 들었다. 그 영국인 때문이었다. 영국인은 서랍을 정돈하는 나에게 다가왔다. 그는 매우 상태가 좋은 밝은색의 헐렁한 옷을 걸쳤다. 단지 팔 뒤쪽 윗부분이 제대로 된 옷감이 아니고, 단단하게 꿰맨 것도 아닌, 살짝 너덜거리는 회색의 주름진 천, 마치 직조할 때부터 구멍이 나 있었던 것처럼 죽죽 찢어진 천으로 되어 있었다. 그것은 승마 바지나 재봉사, 상점 여점원, 사무직 노동자 작업복의 팔꿈치 부분에 덧댄 가죽을 연상시켰다. 그의 얼굴 또한 마찬가지로 잿빛 천에 덮여 있었는데, 입과 눈, 그리고 코와 같은 부분이 매우 솜씨 좋게 재단된 천이었다. 그 천은 새것이었고, 플란넬처럼 표면이 거칠거칠하면서도 매우 부드럽고 피부에 착 밀착되는 최고급 영국제 상품이었다. 나는 그와 아는 사이가 되고 싶은 욕망으로 불타올랐는데, 그 사실 자체가 기분 좋고 흡족했다. 그도 나를 자신의 집으로 초대하고 싶어 했다. 하지만 나는 내일모레 떠나야 하므로 그 방문은 성사될 수가 없었다. 그는 집회 장소를 떠나기 전, 매우 실용적으로 보이는 옷가지 몇 벌을 더 껴입었다. 그가 옷의 단추를 채우자 옷은 그를 전혀 눈에 띄지 않는 사람으로 만들어버렸다. 비록 자기 집으로 나를 초대할 수는 없었지만, 그는 자신과 함께 골목길로 나가보자고 졸라댔다. 나는 그의 뒤를 따랐다. 우리는 집회 장소의 맞은편 인도 가장자리에 서 있었다. 나는 아래쪽에, 그는 위쪽에. 그 상태로 우리는 다시 잠시 대화를 해보았고, 역시 초대는 이루어질 수 없다는 결론에 이르렀다. 그리고 막스 오토와 내가 역에 도착한 다음에야 여행가방을 싸곤 하는 꿈을 꾸었다. 그래서 예를 들자면 셔츠를 손에 들고 역 대합실을 가로질러 멀리 있는 우리의 가방으로 갖고 가는 것이다. 비록 꿈에서는 그것이 다들 하는 평범한 일처럼 보이긴 했지만, 그래도 썩 편하지가 않았다. 특히 우리는 열차가 막 출발하기 직전에 짐을 싸기 시작했으므로 더욱 그랬다. 당연히 우리는 신경질적이 되었고, 열차를 놓칠지도 모른다는 불안감에다 좋은 자리를 다 놓치게 될 거라는 생각으로 절망에 빠지고 말았다.

일기, 1911. 10. 29. KKAT 205~207[5]

(…)그저께 밤의 꿈. 오직 연극의 장면으로 이루어진 꿈. 나는 위층 객석에 앉아 있다가, 한번은 무대 위에도 있었다. 내가 몇 달 전에 좋아했던 소녀가 무대에서 함께 공연했다. 소녀는 깜짝 놀라서 소파 등받이에 몸을 붙이며 유연한 육체를 쭉 폈다. 객석의 나는 남자 역할을 연기하는 소녀를 가리켰다. 내 동행은 소녀를 마음에 들어 하지 않았다. 어떤 막에서는 무대 장식이 너무도 화려해 다른 것

은 전혀 눈에 들어오지 않을 정도였다. 무대도, 관객도, 어둠도, 무대조명도 보이지 않았다. 관객들은 모두 큰 무리를 이루며 구시가지 광장의 장면을 직접 연출하고 있었다. 아마도 니클라스 거리 쪽에서 바라다보이는 모양 같았다. 따라서 시청 시계탑 광장과 소(小)광장의 모습은 원칙적으로 보이지 않아야 하는 거지만, 그럼에도 불구하고 무대 바닥을 조금 돌리거나 천천히 흔드는 작동만으로, 예를 들자면 킨스키 궁에서 소광장을 조망할 수 있도록 해놓았다. 그렇게 해놓은 목적은 단지 전체 무대 장식을 최대한으로 보여주려는 시도 이상은 아니었다. 그토록 완벽하게 잘 설치된 무대 장식, 나 자신도 충분히 느낄 정도로 모든 시대와 장소를 통틀어 최고의 수준을 자랑하는 최상의 아름다운 무대 장식을 조금이라도 빠트리고 못 보게 된다면 눈물이 날 정도로 안타까운 일일 테니 말이다. 가을 느낌의 어둑한 구름이 조명의 분위기를 결정하고 있었다. 암울한 태양 광선은 광장 남서쪽 여기저기 보이는 색유리 창에 부딪혀 흩어지며 산란된 빛을 뿌렸다. 모든 사물은 실제 크기 그대로, 조금도 축소되지 않은 형태로 나타났고, 그래서 매우 인상적인 효과를 자아냈다. 강한 바람이 한 번씩 불 때마다 수많은 창의 여닫이가 저절로 열렸다가 닫히곤 했지만, 창이 아주 높은 곳에 있기 때문에 소리는 들리지 않았다. 광장은 심하게 경사가 졌다. 거리의 포장은 시커먼 색에 가까웠고, 틴 성당은 제자리에 있었지만, 성당이 있는 장소는 바로 앞에 있는 조그만 황궁의 앞마당이었다. 그것을 제외하면 광장의 기념비 주변에 모든 것이 잘 정돈된 상태로 모여 있었다. 마리아 지주상, 나도 아직 한 번도 본 일이 없는 시청 앞 낡은 우물, 성니콜라스 성당 앞 우물, 그리고 후스 기념비를 세우기 위해 땅을 파헤친 주변에 세워놓은 판자 울타리. 황제의 축제가 벌어지고 동시에 하나의 혁명이 — 그런데 관객들은 이것이 연극 장치의 일부이며 무대에서 벌어지는 공연일 뿐이라는 사실을 종종 망각하곤 했다 — 발생했다. 역사상 프라하에서 일어난 적 없는 대규모 혁명이 무대에서 벌어졌고, 거대한 군중의 무리가 광장을 앞으로 뒤로 들썩이게 할 정도였다. 아마도 프라하의 모습을 무대 장식으로 꾸민답시고 실제로는 파리의 풍경을 본떠 연출했음이 분명했다. 그래서 처음에는 축제 모습은 눈에 보이지도 않았다. 하지만 황실은 축제 마당으로 출발했고, 그 사이에 혁명이 발발해 성난 군중이 황궁으로 밀려들어왔다. 그때 나는 막 황궁 앞마당 우물의 처마를 뛰어넘어 마당 가운데로 달려가던 참이었다. 황실 사람들이 황궁 안으로 다시 돌아가는 것은 불가능했다. 황실 마차들이 아이젠 거리로부터 다급하게 다가왔다. 너무 급하게 서둘러 온 나머지 황궁의 입구 한참 전부터 미리 고삐를 잡아당겨야만 했고 그 와중에 포도(鋪道) 위에서 바퀴가 멈추면서 질질 끌렸다. 큰 축제가 열리거나 이사를 할 때 볼 수 있는 그런 마차였고 살아 있는 그림을 부착하고 있었다. 납작한 모양의 마차들은 꽃다발 장식으로 둘러싸였고 마차 바닥 주변에는 색색의 천들이 늘어뜨려져 바퀴를 가렸다. 하지만 그럴수록 더욱 어떤 공포심을 느낄 수밖에 없는 것이, 마차들의 다급함이 암시하는 불안 때문이다. 마차를 끄는 말들은 황궁 입구에서 마차가 멈추자 두 발을 허공으로 치켜들었다. 마치 말들 자신은 의식도 하지 못한 사이 아이젠 거리에서 황궁으로 화살처럼 튕겨져 나왔다는 듯이. 바로 그때 많은 사람들이 내 눈앞을 지나 광장으로 나갔다. 그들 대다수는 내가 이미 잘 알고 있는 관객들로, 아마도 지금 막 도착한 사람들인 듯했다. 그중 내가 아는 소녀도 하나 있었는데 정확히 어떤 소녀인지는 모르겠다. 소녀의 곁에는 황갈색의 잔 격자무늬 외투를 우아하게 차려입은 젊은이가 주머니에 오른손을 깊숙이 찌른 채 가고 있었다. 그들은 니클라스 거리를 향해서 갔다. 이 순간 이후부터 나는 아무것도 볼 수 없었다.

일기, 1911. 11. 9. KKAT 239~241 [6]

오늘 낮 잠들기 직전 — 나는 전혀 잠든 것이 아니었다 — 내 몸 위에 왁스로 만든 여인의 상체가 누워 있었다. 그녀는 얼굴을 내 얼굴 바로 위로 숙인 상태였다. 그녀의 왼팔이 내 가슴을 눌렀다.

일기, 1911. 11. 16. KKAT 251

꿈. 극장에서. 슈니츨러의 작품 「광활한 대지」를 우티츠가 각색했다. 나는 객석 앞쪽 긴 의자에 앉아 있다. 나는 내가 제일 앞줄에 있다고 믿는다. 하지만 알고 보니 그곳은 두 번째 줄이다. 의자의 등받이는 무대를 향하고 있다. 그러므로 편하게 앞으로 앉아 있으면 객석이 보이고 몸을 돌려야만 무대가 보이는 구조이다. 원작자가 내 주변 가까운 곳 어딘가에 있지만, 나는 내가 이미 알고 있는 것이 분명한 이 작품에 대해 비판적인 견해를 억누를 수가 없다. 그러나 단지 3막이 유머가 있다고 하더라는 말을 할 뿐이다. "있다고 하더라"라는 표현으로 나는 강조하려고 한다. 작품에 대해서 뭔가 좋은 점을 말한다면 그건 전부 다른 사람들에게서 들은 이야기를 그대로 옮기는 것뿐, 사실상 나는 이 작품을 잘 모른다고 분명히 전제하는 식이다. 그리고 이것을 다시 한번 반복해서 말하지만, 혼잣말은 아니었음에도 불구하고 다른 이들의 주의를 끌지는 못한다. 내 주변은 사람들로 와글거린다. 다들 두터운 겨울 옷차림을 하고 있고 그래서 자리를 과도하게 차지하고 있다. 내 옆이나 뒤에 앉은 이들이 — 그들이 내게 말을 거는 것이 보이지는 않지만 — 나에게 새로 도착하는 사람들을 가리키면서 그들의 이름을 말해준다. 좌석 사이를 비집고 들어오는 어느 부부가 내 주의를 사로잡는다. 짙은 갈색 머리의 아내는 기다란 코에 남성적인 얼굴을 가졌다. 뿐만 아니라 와글거리는 사람들 위로 불쑥 솟아 나온 머리통 부분만을 가지고 짐작한다면, 옷까지도 남자처럼 차려입었다. 내 옆에는 이상스러울 정도로 자유로운 태도의 배우 뢰비가 있다. 그런데 실제 뢰비와는 전혀 닮지 않았다. 그는 흥분해서 열변을 토하는 중인데 말 도중에 "프린치피움"*이라는 어휘가 반복해서 등장한다. 나는 이어서 "테르티움 콤파라티오니스"**라는 어휘도 등장하리라 예상하고 계속 기다리지만, 그 말은 끝내 나오지 않는다. 이층 객석의 한 칸막이 자리에서 — 사실상은 무대에서 볼 때 객석의 오른쪽 한 귀퉁이에 불과하고 무대는 그 부분에서 객석과 서로 연결되는 구조이다 — 키쉬 집안의 셋째 아들인가 하는 이가 앉아 있는 어머니 뒤편에 선 채 무대를 향해 무언가 말을 한다. 그는 매우 훌륭해 보이는 외투를 걸쳤는데 양 옷깃을 활짝 열어젖히고 있다. 뢰비의 말도 그가 하고 있는 말과 연관이 있다. 키쉬는 손을 들어 높이 매달린 무대의 커튼 어디쯤을 가리키면서 말한다, 저곳에 독일인 키쉬가 앉아 있다고. 그는 내 학교 친구이면서 독문학을 전공한 어떤 이를 의미한 것이다. 커튼이 열리고 객석은 어두워지기 시작할 때, 그때는 이미 키쉬도 어차피 사라져 버리겠지만, 이 사실을 더욱 확실하게 하기 위하여 그는 어머니와 함께 2층 객석을 위로 들어 올렸다가 잡아 빼버린다. 팔과 외투, 그리고 다리를 다시 모두 활짝 벌린다. 무대는 객석보다 조금 낮은 곳에 있다. 사람들은 아래를 향해 시선을 기울인다. 턱을 앞 좌석 등받이에 갖다 댄다. 무대 장식이라고

* principium. 시작, 근원을 의미하는 라틴어이며 독일어 '원칙(Prinzip)'의 어원이기도 하다.

** tertium comparationis, 비교 제3영역, 비교하는 두 가지 대상의 공통 성질.

할 만한 것으로는 두 개의 낮고 굵은 기둥이 무대 중앙에 서 있을 뿐이다. 무대에는 식사가 차려져 있고 소녀들과 젊은 남자들이 먹는 중이다. 나는 공연 장면을 거의 볼 수가 없다. 연극이 시작됨과 동시에 제일 첫 줄의 관객들 대부분이 일어서서, 아마도 무대 뒤로 가버렸고, 남아 있는 소녀들은 아주 커다랗고 편평한, 대부분이 푸른색인 모자를 쓰고 앉아 있는데 모자들이 의자 전체를 뒤덮은 모양새로 이리저리 움직이면서 시야를 가리기 때문이다. 하지만 그래도 10~15세 정도 되는 작은 소년이 무대 위에서 연기하는 것만은 유난히 똑똑하게 눈에 들어온다. 똑바로 자른 소년의 머리카락은 건조하고 가르마가 선명하다. 소년은 냅킨조차 무릎에 반듯하게 놓을 줄 모른다. 그 일을 하기 위해 소년은 아래를 한참이나 주의 깊게 내려다보아야 한다. 소년은 연극에서 방탕아 역할을 맡았다. 이렇게 유심히 관찰하다 보니 이 연극에 대한 신뢰가 사라져버린다. 무대 위의 배우들은 이제 객석 가장 앞줄에 앉아 있던 관객들이 무대로 내려오기를 기다린다. 그렇지만 이 작품은 아무래도 연습이 부족해 보인다. 하켈베르크라는 여배우가 온다. 한 남자 배우가 안락의자에 등을 뒤로 기대는 자세로 앉아 있다가 그녀에게 능글맞은 말투로 "하켈—" 하면서 말을 걸다가, 실수를 깨닫고는 급히 정정한다. 이번에는 내가 아는 한 소녀가 온다(내 생각에 소녀의 이름은 아마도 프랑켈일 것이다). 소녀는 지금 막 내 좌석의 등받이를 넘어서 갔는데, 그때 보니 소녀의 등은 완전히 벗은 채였다. 피부는 그다지 깨끗하지 않고, 더구나 오른쪽 허리 위에는 손톱으로 긁어서 만든, 문손잡이만 한 크기의 상처가 있어 피가 줄줄 흘러내리기까지 한다. 하지만 소녀가 일단 무대에 올라 몸을 돌리자, 얼굴은 아주 깨끗하고 연기도 뛰어나다. 지금 말 탄 사람 하나가 멀리서 달려오는 중이라고 한다. 피아노가 말발굽 소리를 흉내낸다. 폭풍처럼 격렬한 노랫소리가 다가오는 것이 들린다. 마침내 나는, 서둘러서 뭔가가 점점 다가오는 분위기를 노래로 자연스럽게 표현하는 가수가 이층 객석을 통해 무대로 나오는 것을 본다. 아직 가수는 무대에 도착하지 않았고 그의 노래도 아직 끝나지 않았다. 하지만 가수는 극단적으로 황급하게 고음의 노래를 정신없이 쏟아내고, 피아노도 포석이 깔린 길을 내달리는 말발굽 소리를 더 이상은 또렷하게 재현하지 못한다. 가수의 노래와 피아노는 점차 사그라지고, 이제 가수는 나직하게 노래를 부르면서 무대로 다가온다. 몸을 움츠린 가수는 너무 작아서, 그의 머리만이 객석 난간 위로 간신히 올라올 뿐이다. 그래서 관객들은 그의 모습을 잘 볼 수가 없다. 그것으로 제1막이 끝난다. 하지만 커튼은 내려오지 않고 극장도 여전히 어둠에 싸여 있다. 무대 위에는 두 명의 비평가가 바닥에 앉아서, 등을 무대 장식에 기댄 채 뭔가를 쓴다. 금발 수염을 기른 연극 평론가 혹은 감독이 무대 위로 뛰어내린다. 뛰어내리는 동작 중에도 그는 한 손을 쭉 뻗으며 뭔가 지시를 내린다. 다른 손에는 조금 전까지 무대 위 과일 쟁반에 차려져 있던 포도 한 송이를 들고서 먹고 있다. 다시 객석을 바라보는 자세로 바꿔 앉은 나는, 객석의 조명이 아주 간단한 석유램프인 것을 깨닫는다. 그것은 골목길의 가로등에나 꽂혀 있는 단순한 형태이고 지금 당연히 불빛이 매우 흐릿하다. 갑자기, 불순물이 섞인 석유 혹은 유해한 성분의 심지 때문인지, 램프 중 하나에서 빛이 물줄기처럼 뿜어져 나오면서 널찍하게 반경을 그리는 불꽃 파편이 관객들 위로 쏟아지고, 그 순간 관객들은 전체가 구별할 수 없는 하나의 덩어리로, 흙처럼 검은 무더기로 변한다. 그 무더기 속에서 한 남자가 불쑥 몸을 일으키더니, 흙더미 위를 지나 단호하게 램프로 다가간다. 분명 문제를 해결해보려는 것이겠지만, 일단은 램프를 올려다보면서 그 곁에 한참 가만히 있기만 하다가 아무런 일도 없었다는 듯 다시 자신의 자리로 돌아가, 그대로 흙 속으로 가라앉는다. (나는 그 남자와 나 자신을 혼동하여, 내 얼굴을 검은 흙 속으로 기울인다.)

일기, 1911. 11. 19. KKAT 253~258[7]

어느 그림에 관한 꿈. 앵그르의 그림이라고 한다. 수천 개의 거울 속에 잠긴 숲에 소녀들이 있다. 혹은 엄밀히 말해, 처녀들 또는 그 엇비슷한 무리가 극장의 커튼이 열리고 닫히듯, 공기 그 자체처럼 움직이고 있었다. 그림의 오른쪽에는 한 무리가 가깝게 달라붙어 왼편을 향한 자세로 커다란 나뭇가지 위에, 또는 날아다니는 리본 위에, 또는 하늘을 향해 느리게 올라가는 한 줄의 사슬에 묶인 채 스스로의 힘으로 공중을 부유하면서, 눕거나 앉아 있었다. 그녀들의 모습은 보는 사람을 향해 반사될 뿐만 아니라 보는 사람의 시야에서 사라져 버리기도 했고, 그 과정이 거듭될수록 점점 희미해지고 점점 더 중첩되었다. 눈은 세세한 부분까지 다 보지 못하고 놓치게 되지만, 그것은 전체적인 풍만함이 보상해주었다. 그림 전면에는 한 소녀가 나체로, 이런 모든 거울의 반사로부터 전혀 영향을 받지 않고 서 있었다. 그녀는 한 다리로 몸을 받치고 허리를 앞으로 내민 자세였다. 이 부분에서 앵그르의 스케치 실력은 감탄스러웠다. 내 마음을 흡족하게 한 것은 오직 하나, 아무리 이 소녀의 몸의 촉감을 실감 나게 하기 위해서라고 해도, 실제 나체를 과도할 정도로 고스란히 재현해 두었다는 점이다. 소녀의 나체가 덮고 있는 어느 지점에서 희미하게 노르스름한 빛줄기가 은은히 새어나왔다.

일기, 1911. 11. 20. KKAT 258f.[8]

내 몸 위에 한 마리의 개가 누워 있었는데, 앞발 하나를 내 얼굴에 올려놓았고, 그래서 나는 잠에서 깨었으나, 한동안 공포에 질려 눈을 뜨고 개를 바라볼 엄두를 내지 못했다.

일기, 1911. 12. 13. KKAT 289

어젯밤 잠들기 전 나는 상상 속에서 이런 그림을 그려보았다. 허공 가운데 갑자기 솟아난 산처럼 몰려 있는 인간들.

그들을 스케치한 테크닉은 아주 새로운 형식이지만, 일단
한번 익히고 나면 활용하기는 쉬울 듯했다. 사람들은 탁자
를 둘러싸고 모여 앉았고, 땅바닥은 사람들이 있는 자리보
다 조금 더 넓게 펼쳐졌다. 그런데 나는 장면이 갖는 엄청
난 위력 때문에, 많은 사람들 가운데서도 단 한 사람, 구식
으로 차려입은 어느 젊은이만을 얼핏 보았을 뿐이다. 그는
왼팔로 탁자를 받치고 손은 얼굴 위에 슬쩍 늘어뜨리고 있
었다. 그러면서 걱정스럽게 혹은 무언가를 궁금해하면서
자신의 위로 몸을 숙인 어떤 사람을 장난스러운 눈길로
올려다보는 중이었다. 그의 몸, 특히 오른쪽 다리는 젊은
남자들 특유의 나태한 모양으로 길게 죽 뻗어 있어서, 앉
아 있다기보다는 누워 있는 것에 가까웠다. 다리를 구성하
는 두 줄기의 분명한 선들은, 신체를 이루는 윤곽선과 서
로 마주치면서 가볍게 연결된다. 이 선들 사이에서 빈약한
육체성을 띤, 창백하게 탈색된 의상이 둥그스름하게 부풀
어 있다. 이토록 멋진 스케치가 그려진 것에 놀라서 내 머
릿속에는 긴장감이 조성되었다. 그런데 그 긴장감은, 나로
하여금 그리고 싶다는 생각이 떠올랐을 때 바로 연필을 손
에 쥐고 움직이게 만들었으며, 나를 몽롱한 상태에서 억지
로 끌어내 그림을 좀 더 궁리해서 잘 그려보라고 강제한,
지금도 계속되는 바로 그 긴장감이 분명하다는 확신이 들
었다. 그런데 곧 밝혀진 사실은, 내가 원래 상상 속에서 떠
올린 대상은 회백색 도자기 몇 점뿐이라는 것이다.

일기, 1911. 12. 16. KKAT 296f.

조금 전의 꿈. 나는 아버지와 함께 전차를 타고 베를린을 관통해 갔다. 무수하게 늘어선 차단기들이 대도시다운 면모를 보여주었다. 하늘을 향해 서 있는 차단기들은 두 가지 색으로 칠해졌고 끄트머리는 뭉툭하게 잘려 반들반들하게 다듬어졌다. 그 밖에 다른 것은 아무것도 없이 도시는 거의 텅 비어 있었다. 하지만 차단기들이 얼마나 가득히 들어차 있는지 그것만으로도 복잡할 지경이었다. 우리는 어떤 문 앞에 도착해서, 내린다는 느낌도 갖지 못한 채 전차에서 내려 문 안으로 들어섰다. 문 뒤에는 아주 가파른 벽이 허공으로 치솟아 있었다. 아버지는 거의 춤추는 것 같은 걸음걸이로 그 벽을 올라갔다. 올라가는 아버지의 다리가 날아갈 듯 너울거렸다. 그처럼 그의 발걸음은 가벼워 보였다. 분명 부족한 배려심 탓에, 아버지는 나를 전혀 도와주지 않았다. 나는 네 발로 간신히 기어서, 죽을 힘을 다해 올라갔지만, 자꾸만 뒤로 미끄러지곤 했다. 벽은 내 발 아래에서 더욱더 가파르게 변하는 것만 같았다. 더구나 벽은 인간의 배설물로 뒤덮여 있는 까닭에 내 온몸과 특히 가슴은 오물 덩이가 덕지덕지 매달려 있게 되었으므로 나는 더욱 비참했다. 나는 고개를 숙여 그 더러운 것들을 내려다보고 손으로 가슴을 문질렀다. 마침내 벽 위쪽에 도달하자, 이미 건물의 내부에 들어갔다 나오던 아버지가 당장 내게 달려들어 목덜미를 껴안으며 키스를 퍼부었다. 아버지는 내가 선명하게 기억하고 있는 그 구식의, 짧은, 소파처럼 안감을 두둑하게 댄 외투를 입고 있었다. "폰 라이덴 박사! 그자는 얼마나 훌륭한 인물인지!" 아버지는 이렇게 반복해서 외쳐댔다. 하지만 아버지는 의사인 그에게서 진료를 받은 것이 아니라 단지 알아두면 좋은 사람이라고 해서 방문한 것이 전부였다. 나는 살짝 겁이 났다. 나도 그가 있는 안으로 들어가야만 했기 때문이다. 하지만 그 일은 요청되지 않았다. 내 왼편에는 사면이 온통 유리로 견고하게 둘러싸인 방 안에 한 남자가 내게 등을 보이는 자세로 앉아 있었다. 그 남자는 교수의 비서이며, 아버지는 사실상 그 남자와만 대화를 한 것이지 교수와는 한마디도 나누지 않았음이 밝혀졌다. 그렇지만 아버지는 어쨌든 전반적으로 그 비서라는 매개를 통해 교수의 장점을 실제로 알아차린 것이고, 그래서 교수에 대한 아버지의 평가는 어떤 측면에서 봐도 실제로 그가 교수와 개인적인 대화를 나눈 것과 하등의 차이 없이 타당하다고 판단할 수 있었다.

일기, 1912. 5. 6. KKAT 419f.[9]

꿈속에서 괴테가 낭송하는 것을 들었다. 무한한 자유와 임의의 재량을 담아.

여행 일기, 1912. 7. 10. KKAT 1042[10]

하나의 꿈. 풍욕을 즐기던 사람들이 싸움을 벌여 양쪽이 상대편을 다 죽여버린다. 두 패로 갈린 사람들이 처음에는 서로서로 농담을 주고받다가, 그중 한쪽에서 한 남자가 앞으로 나오더니 다른 쪽을 향해 이렇게 외친다. "루스트론과 카스트론!"* 그러자 다른 쪽이 "뭐라고? 루스트론과 카스트론이라고?" 하고 묻고, 처음의 남자는 "그렇고말고" 하고 대답한다. 싸움이 시작된다.

여행 일기, 1912. 7. 15. KKAT 1047 [11]

오늘 오후에 침대에 누워 있는데 누군가 열쇠 구멍에 열쇠를 넣고 성급하게 돌렸다. 순식간에 나는 마치 가장무도회에서처럼 자물쇠를 온몸에 걸치고 있다. 짧은 공백을 사이에 두고, 한번은 여기에서, 한번은 저기에서, 자물쇠가 열렸다가 다시 잠기곤 했다.

일기, 1912. 8. 30. KKAT 433

꿈. 나는 바다를 향해 마름모꼴로 길게 쭉 들어간 반도에 있었다. 어떤 사람이, 혹은 여러 명의 사람들이 내 주위에 함께 있었다. 그러나 내 자의식이 분명히 알려주는 바에 따르면, 나는 그들에게 말을 하긴 했지만 그들을 거의 모르고 있었다. 지금 기억에 남아 있는 것은 오직 내 옆에 앉아 있는 사람의 높이 치켜든 두 무릎뿐이다. 처음에는 내가 어디에 있는지 전혀 알지 못했으나, 나중에 우연히 일어서게 되어 살펴본 결과 내 왼쪽 앞과 오른쪽 뒤편

* 루스트론(Lustron)과 카스트론(Kastron)은 난센스 단어이지만, 완전히 무의미하다고는 보이지 않는다. 'Lust'는 독일어로 '욕망, 쾌감, 정욕' 등을 뜻하고, 'kastrieren'은 '거세하다'라는 의미다.

에서 닻을 단단하게 내린 채 반듯하게 정렬한 수많은 군함들로 둘러싸인 드넓은 바다를 보았다. 오른쪽에는 뉴욕이 보였다. 우리는 뉴욕 항에 있었다. 하늘은 회색이었지만 일정하게 밝았다. 나는 내 자리에 서서 자유롭게 몸을 돌려 사방의 공기를 마음껏 맛보며 이곳저곳을 둘러보았다. 뉴욕을 향해서는 시선을 약간 아래로 숙이고, 바다를 향해서는 시선을 약간 들면서. 그리고 나는 이제, 우리 주변에는 높은 파도가 일고 있으며 외국에서 온 듯한 어마어마한 배들이 바다 위를 지나다니고 있음을 알아차렸다. 지금 기억나는 것은 단지, 우리의 뗏목 대신에 기다란 통나무들을 한데 엮어서 커다랗고 둥근 묶음으로 만든 것이, 매번 파도의 높이에 따라 통나무의 절단면은 많든 적든 위로 솟아오르는 반면 길이 부분은 수직으로 물속에 잠긴 채 허우적댔다는 사실이다. 나는 앉아서 두 발을 앞으로 끌어당겼다. 즐거워서 몸이 움찔거렸다. 쾌적함에 겨운 나는 바닥으로 몸을 확실하게 파묻으면서 말했다. 이건 파리 대로에서 차를 타고 달리는 것보다 더욱 흥미롭군.

일기, 1912. 9. 11. KKAT 436f.[12]

그저께 밤 나는 두 번째로 당신의 꿈을 꾸었습니다. 우편배달부가 당신의 등기 편지 두 통을 가져왔는데, 그는 증기기관의 피스톤이 착착 움직이듯 현란하고도 정확하게 팔을 놀려서, 내 양손에 편지를 각각 한 통씩 올려 주었습니다. 신이여, 그것은 마법의 편지였습니다. 아무리 많은 편지지를 봉투에서 꺼내도, 봉투는 결코 비는 법이 없었으니까요. 나는 층계 가운데에 서서 다 읽은 편지지를 층계 바닥에 던져야만 했는데, 그게 나쁜 행동이라는 생각은 전혀 들지 않았고, 편지지를 봉투에서 더 꺼내야겠다는 생각에만 몰두했습니다. 마침내 층계는 위쪽과 아래쪽 모두 편지지로 산을 이루며 뒤덮여 버렸습니다. 느슨하게 쌓인 종이 더미가 경쾌하고도 요란하게 바스락거렸습니다.

펠리체 바우어에게, 1912. 11. 17. F 101 [13]

사랑하는 이여, 어젯밤 나는 잠자는 내내 당신의 꿈을 꾼 것이 분명합니다. 하지만 지금 기억 속에는 오직 두 가지 꿈만이 남아 있군요. 나는 잠에서 깨자마자, 사실은 너무도 그러기 힘들었음에도 불구하고 꿈을 잊으려 안간힘을 썼습니다. 왜냐하면 꿈의 내용은 참혹한 진실을 적나라하게 눈앞에 강제로 들이미는 것인데, 삭막하고 무감각한 현실의 삶에서 느끼는 것과는 비교할 수 없을 정도로 집요하고도 과도한 기세로 나타났으니까요. 복잡하게 엉킨 꿈은 아직도 내 안에서 아주 세세한 장면까지 생생하게 살아 있으면서 나를 위협하긴 하지만, 당신에게는 짧고도 피상적으로만 설명해 드리겠습니다. 첫 번째 꿈은, 당신의 사무실에서는 곧바로 전보를 보낼 수 있다고 했던 당신의 말과 연관되어 있습니다. 꿈속에서 나는 내 방에서 직접 전보를 보낼 수 있었고, 심지어 전신기가 내 침대 곁에 놓여 있었지요. 당신이 탁자를 침대 곁으로 옮겨놓곤 하는 상황과 유사합니다. 전신기는 유난히 뾰족한 가시 같은 모양새였으므로, 원래 전보 자체에 공포심을 갖고 있는 나는 그 기기로 전보를 보낼 일이 두려웠습니다. 하지만 왠지 모르게 당신을 걱정하는 마음에 짓눌리고 또한 당신으로부터 당장 소식을 듣고 싶다는 욕망이 나를 침대에서 나오게 만들 정도였으므로, 어떻게든 나는 당신에게 전보를 보내야만 했지요. 다행히도 그 순간에 내 방에 있던 가장 어린 여동생이 나를 대신해 전보를 보내기 시작했습니다. 당신에 대한 걱정으로 인해 내 상상력은 마구 부풀어 올랐습니다. 유감스럽게도 꿈속에서뿐이지만요. 그 전신기는 단추 하나만 누르면 즉시 종이테이프에 베를린에서 온 답신이 찍히는 구조였습니다. 지금도 생생하게 기억납니다. 긴장감에 꼼짝도 못한 채, 아무 글자도 찍히지 않은 빈 테이프만을 계속 뱉어내는 기기를 쳐다보고 있었던 것을. 하지만 애초부터 그럴 거라고 예상을 할 수밖에 없는 것이, 베를린에 있는 당신을 전신기 앞으로 불러오기 전까지는 어차피 어떤 답변도 오지는 않을 테니까요. 그러다가 마침내 첫 번째 글자가 테이프에 찍히기 시작했을 때의 기쁨이 얼마나 컸던지요. 그때 나는 하마터면 잠든 상태로 침대 아래로 굴러떨어졌을지도 모릅니다. 지금도 기억 속에서 그때의 희열이 느껴집니다. 마침내 기기에서는 한 통의 완전한 편지가 찍혀 나왔습니다. 나는 그걸 읽었지요. 그리고 지금도 아마 원하기만 하면 그 내용의 대부분을 기억해낼 수 있을 겁니다. 이렇게만 말하고 싶군요, 나는 그 편지에서, 내 불안정한 상태 때문에 엄청나게 비난을 받았는데, 그것은 도리어 나를 행복하게 만들어 주었다고 말입니다. 나는 "욕심쟁이"라 불렸고, 최근에 내가 받은, 그리고 지금 내게로 오고 있는 편지와 엽서가 몇 통인지 그 숫자가 나왔습니다.

두 번째 꿈에서 당신은 눈먼 여자였습니다. 베를린의 한 맹인학교에서 학생들이 교외 마을로 소풍을 갔습니다. 그 마을에서는 내가 어머니와 함께 여름휴가를 보내고 있었습니다. 우리는 조그만 나무 오두막에서 살았어요. 오두막집의 창문이 지금도 기억에 선명합니다. 오두막집은 산비탈에 자리한 대규모 농업 단지 한가운데에 있었습니다. 오두막에서 내다볼 때 왼편에는 유리 베란다가 있는데 그곳에서 눈먼 소녀들 대다수가 묵었습니다. 나는 당신이 그중에 섞여 있다는 것을 알았어요. 그래서 어떻게 당신을 만나서 얘기를 좀 나누어볼 수 있을까 하는 막연한 계획으로 머릿속이 가득했습니다. 나는 자꾸만 오두막을 떠나서, 문 앞 진흙투성이 땅바닥에 놓인 널빤지를 디디고 베란다로 갔지만, 당신을 만나지는 못하고 어쩔 줄 모른 채 그냥 되돌아오곤 했습니다. 어머니도 별 계획 없는 상태로 주변을 돌아다녔지요. 어머니는 매우 단조로워서 마치 수녀복 같은 옷을 입고, 두 팔은 성호를 긋지 않는데도 늘 가슴에 모은 자세였지요. 어머니는 눈먼 소녀들이 자신을 위해 이런저런 시중을 들어야 한다고 요구했고, 특히 검은 옷을 입은 한 소녀를 그 일의 적임자로 지정했습니다. 그 소녀의 얼굴은 둥글었지만 한쪽 뺨에 마치 고기를 다지듯 난도질된 깊은 흉터가 나 있었습니다. 어머니는 나에게도 소녀가 영리하고 헌신적이라면서 칭찬의 말을 늘어놓았습니다. 나도 소녀를 바라보고 고개를 끄덕였지만, 속으로는 그 소녀가 당신의 친구일 것이 분명하니 당신이 어디 있는지도 알 거라는 생각을 했습니다. 그런데 어느 순간 그동안 비교적 잘 유지되던 고요가 갑자기 종말을 고하는데, 아마도 출발을 알리는 나팔이 울린 듯했습니다. 맹인학교 사람들은 다시 떠나야 하는 거지요. 나는 드디어 결심을 굳히고 비탈을 달려 내려갔습니다. 성벽에 난 작은 문을 통과했습니다. 그들이 이 방향으로 가려는 것을 보았다고 믿었으니까요. 아래쪽에서 실제로 교사와 함께 있는 어린 맹인 소년들 몇몇을 마주치기도 했습니다. 나는 그들 뒤편에서 왔다 갔다 했습니다. 이제 곧 맹인학교 학생들 전체가 여기로 올 것이고, 그러면 당신을 쉽게 찾아내서 말을 걸 수 있을 것이라 생각했습니다. 분명 나는 거기서 너무 오래 지체하고 있었음이 분명합니다. 그래서 맹인학교 소녀들이 정확히 어디로 어떻게 가는지 물어볼 기회를 놓친 채, 맹인 갓난아이 하나를 — 맹인학교에는 각 나이 대별의 사람들이 모두 섞여 있었으니까요 — 석조 기둥 위에 올려놓고 포대기를 벗겼다가 다시 둘둘 감싸는 것을 구경하느라 시간만 허비하고 말았던 거죠. 그러다가 마침내는 주변이 너무 조용한 것이 수상하게 느껴져서 맹인학교 교사에게, 왜 다른 학생들은 오지 않느냐고 물었습니다. 그런데 돌아온 답변은 깜짝 놀라게도, 이쪽 길로는 어린 소녀들만 소풍 온다는 사실이었습니다. 나머지 학생들은 지금쯤 전부 저기 산 위에 있는 다른 통로로 가고 있을 거라고 했습니다. 그런데 교사는 나를 위로하는 차원에서 — 미친 듯이 달려가려고 하는 나를 그가 불러 세웠지요 — 소녀들을 따라잡는 건 불가능하지 않을 거라고 덧붙였습니다. 눈먼 소녀들은 모여서 줄을 서는 데 시간이 당연히 오래 걸린다면서 말입니다. 그리하여 나는 앙상한 성벽을 따라, 햇빛이 내리쬐는 가파른 언덕길을 달려 올라갔습니다. 갑작스럽게 내 손에는 오스트리아 법령집이 들려 있었습니다. 그걸 들고 달려가기란 참으로 부담스럽긴 했지만 그래도 그 책이 당신을 찾는 일에 어쩐지 큰 보탬이 될 것 같았고, 그리고 당신과 제대로 대화를 나누기 위해서도 반드시 필요할 것 같았습니다. 그런데 달리다가 든 생각은, 당신이 눈이 멀었다는 것, 그래서 내 외모와 외적인 행동이, 당신이 나에 대해서 받을 인상에, 참으로 다행스럽게도, 영향을 미치지 못한다는 점이었죠. 이런 생각이 들었으니 당연히 법령집은 쓸모없는 짐덩어리나 마찬가지였고, 따라서 당장 집어던져 버리고 싶었습니다. 드디어 나는 산 위에 도착했습니다. 교사가 말한 대로 아직은 시간이 한참이나 더 많이 남아 있었습니다. 가장 선두에 선 두 명의 학생이 출입구를 채 벗어나지 못했으니까요. 그래서 나는 정신을 가다듬고 당신을 만날 채비를 하였습니다. 드디어 북적거리는 소녀들 틈에서 당신이 내게 다가오는 것이 마음속으로 보였습니다. 눈꺼풀을 깊이 내리깔고, 뻣뻣한 동작으로, 아무런 소리도 없이.

펠리체 바우어에게, 1912. 12. 7/8. F 165~167 [14]

요즘 나는 항상 9시 15분 전까지는 잠을 잡니다. 그래서 오늘 아침에는 7시에 반드시 깨워달라는 부탁을 했지요. 그들은 정각 7시에 나를 깨웠습니다. 하지만 내가 완전히 잠이 깬 것은 9시 15분 전이었고, 그제야 난 사람들이 날 깨웠던 것이 어렴풋하게 기억났습니다. 하지만 남들이 내 잠을 깨우는 것이, 광폭하게 날뛰는 생생한 꿈보다 더 많이 나를 방해하지는 않았습니다. (예를 들자면 어제 나는 파울 에른스트와 격렬한 대화를 나누었습니다. 한 사람이 공격하면 다시 다른 사람이 맞받아치는 식으로 진행되었지요. 그는 펠릭스의 아버지와 비슷해 보였습니다. 내일부터 그는 매일 이야기를 두 편씩 쓰게 됩니다.)

막스 브로트에게, 1912. 11. 16. 추정. BKB 120 [15]

예전에 꾸었던 꿈 이야기를 해달라구요? 거의 매일 밤 당신 꿈을 꾸고 있는 지금, 왜 하필이면 오래전 꿈 이야기를 꺼내야 한단 말인가요? 생각해보니 어젯밤 당신과의 약혼을 축하하는 자리가 있었습니다. 참혹했지요, 참혹하게도 황당무계했을 뿐, 더 이상 기억나는 것은 많지 않습니다. 어두침침한 방 기다란 나무 탁자를 둘러싸고 축하객들이 모여 있었습니다. 탁자는 식탁보도 없이 검은색 상판이 드러났으며, 나는 탁자 끝 낯모르는 사람들 틈에 섞여 앉았고, 당신은 나와 대각선으로 멀리 떨어진 탁자 상석에 서 있었습니다. 당신을 보고 싶은 열망에 나는 머리를 탁자 위에 올리고 당신 쪽을 훔쳐보았습니다. 나를 향하고 있는 당신의 눈동자는 어두웠지만, 눈동자의 한가운데 지점은 불꽃 혹은 황금처럼 번쩍거리고 있었지요. 그리고 꿈은 마구 흩어져 버립니다. 나는 시중을 드는 하녀가 손님들의 등 뒤에서 갈색 냄비에 든 걸쭉한 음식을 떠먹고는, 숟가락을 다시 그릇 속에 담가놓는 것을 알아차렸습니다. 무척이나 분노한 나는 어마어마하게 넓은 호텔 사무실로—이제 밝혀진 거지만 약혼 피로연은 호텔에서 열리고 있고 하녀는 호텔의 고용인이었습니다—하녀를 끌고 내려가 권위 있는 인물들에게 하녀의 태도에 대해서 불만을 제기했지만, 큰 성과는 거두지 못했습니다. 그리고 꿈은 정신없는 속도로 정신없는 여행길을 떠나버립니다. 당신은 여기에 대해서 뭐라고 하겠습니까? 이 꿈에 비하면 오래전에 꾸었던 꿈은 지금 내 머릿속에 훨씬 더 똑똑하게 간직되어 있습니다. 하지만 오늘, 오래전 꿈 이야기를 하지는 않겠습니다.

펠리체 바우어에게, 1913. 1. 3/4. F 228f. [16]

매우 늦은 시간입니다, 사랑하는 이여, 나는 이제 잠자리에 들겠지만, 잠을 자지는 못할 겁니다. 잠을 자는 것이 아니라 단지 꿈을 꾸게 되겠지요. 예를 들자면 어젯밤처럼, 어젯밤 꿈에서 어느 다리를, 혹은 부둣가 난간을 향해 달려갔듯이 말이죠. 거기 우연히 난간 위에 놓여 있던 두 개의 전화 수화기를 집어 양쪽 귀에 갖다 대고는, '폰투스'*로부터의 소식을 들을 수 있기를, 줄곧 오직 그 하나만을 간절히 소망했지만, 전화기로부터는 아무런 소리도 들려오지 않았습니다. 단지 구슬프면서도 힘찬, 무언의 노래와 바다의 파도 소리가 들려올 뿐이었죠. 그제야 나는 알아차립니다, 인간의 목소리는 이런 소리를 뚫고 전달될 수 없다는 것을. 하지만 그럼에도 불구하고 나는 수화기를 내려놓지 않았고, 자리를 뜨지도 않았습니다.

펠리체 바우어에게, 1913. 1. 22/23. F 264

당신이 우리의 베를린 생활에 대해서 써 보내자마자, 나는 그에 관한 꿈을 꾸었습니다. 아주 많은 꿈을 꾸었지만, 구체적으로 설명할 수 있을 만큼 기억에 남는 것은 없습니다. 꿈은 이제 단지 슬픔과 행복감이 뒤섞인 그런 감정으로 변하여 내 안에 머물러 있을 뿐입니다. 우리는 함께 좁은 골목길을 산책했습니다. 길가의 모습은 기이하게도 프라하의 구시가지 환상(環狀) 도로와 비슷했습니다. 시간은 저녁 6시가 지났습니다(꿈을 꿀 때의 실제 시간이었을 가능성이 큽니다). 우리는 팔짱을 끼지는 않았지만, 팔짱을 낀 사람들보다 더욱 가까이 나란히 걸었지요. 오 이런,

* 폰투스(Pontus), 그리스어로 '폰토스(Πόντος)'는 '바다'를 의미한다. 지금의 흑해.

내가 고안한 형태를 글로만 묘사하려니 참으로 어렵군요. 팔짱을 끼지는 않고, 유별나지도 않게, 하지만 아주 가까이, 당신과 함께 걷기. 우리가 그라벤 거리를 지나갈 때 그것을 당신에게 보여줄 수도 있었겠지만, 당시 우리 둘 다 그 생각은 전혀 하지 못했습니다. 당신은 얼른 호텔로 돌아가려고 서둘렀고, 나는 당신과 두 걸음 떨어진 곳에서 인도 모서리에 발이 걸려 앞으로 비틀거렸습니다. 꿈속에서 우리가 어떻게 함께 걸었는지, 그걸 지금 말로 설명하려니! 단순히 팔짱만을 낄 때 두 사람의 팔은 오직 두 군데 부위만이 서로 닿은 채 각자 자신의 독립성을 유지하지만, 우리의 어깨와 팔은 전 지점이 모두 나란히 밀착한 상태였습니다. 잠시만, 내가 그림으로 설명을 해드리겠습니다. 보통 팔짱을 낀다 하면 형태가 이렇습니다. 그런데 우리는 이런 모양으로 걸었던 거죠.

펠리체 바우어에게, 1913. 2. 11/12. F 294 [17]

창문은 열려 있었습니다. 나는 산산이 조각난 생각의 파편 속에서, 15분 동안 끊임없이 창문에서 뛰어내렸습니다. 그러면 열차들이 나타났지요. 열차는 선로에 누운 내 몸 위로 한 대 한 대 차례로 지나갔습니다. 그리고 목과 다리의 절단된 상처를 점점 더 크고 깊게 벌려 놓았습니다.

펠리체 바우어에게, 1913. 3. 28. F 347 [18]

그저께와 그끄저께 밤 나는 연달아 이빨 꿈을 꾸었습니다

이빨은 가지런히 정돈된 치열로서가 아닌, 그냥 무더기에 가까운 형태로, 어린아이들의 퍼즐 놀이에서처럼, 내 턱이 가리키는 방향에 따라 서로서로 밀쳐내며 움직이고 있었습니다. 나는 무엇보다도 다른 사람들의 마음속에 있는 것을 어떻게든 표현해내기 위해 모든 힘을 쏟았습니다. 이빨들의 움직임, 이빨들의 틈새, 이빨들의 달그락거림, 내가 턱으로 그것들을 움직이게 할 때의 느낌 — 이 모든 것이 내가 쉴 새 없이 이빨로 깨무는 동작을 통해서 인식하고, 결심하고, 현실화하는 어떤 생각, 어떤 결정, 어떤 희망, 어떤 가능성과 정확하게 모종의 연관을 갖고 있었지요. 안간힘을 쓰면서 노력한 결과, 종종 표현에 성공했다는 생각이 들기도 했습니다. 다음 날 이른 아침 잠에서 깨어나야 할 시간, 눈을 절반쯤 뜨면서부터 이런 예감이 들었죠. 나는 마침내 해냈다, 밤새도록 수고한 것이 헛되지 않았다, 결정적이고 불변하는 이빨의 편성이 바로 의심의 여지없는 행운의 의미가 아닌가. 밤새도록 끙끙대면서도 이걸 진작 알아차리지 못하고 절망에 빠져 있었다니, 그리고 선명한 꿈은 잠을 방해할 뿐이라고 생각했다니, 정말 이해할 수가 없더군요. 하지만 그다음 잠에서 완전히 깨어나자(…).

펠리체 바우어에게, 1913. 4. 4/5. F 355

그리고 최근에 나는 당신과, 막스와 그의 아내가 등장하는 정신없이 혼란스러운 꿈을 꾸었습니다. 우리는 베를린에 있었고, 시내에서 그루네발트 호수들을 많이 발견했습니다. 그 호수들은 도심 한가운데 연이어 자리 잡고 있으므로, 당신이 내게 가르쳐준 것은 절대 아니었지요. 아마도 나는 호수를 발견할 때 혼자였을 겁니다. 그리고 바로 당신에게도 달려가려고 했지만 좀 경솔하게 서둘다 길을 잃어버렸습니다. 그곳은 무언지 정체가 기묘한, 짙은 회색의, 불명확한 부두의 모습 같았어요. 길 가는 사람에게 물어보았더니, 이곳은 그루네발트 호수이며, 비록 도심이기는 하지만 당신이 있는 곳과 아주 멀리 떨어져 있다는 것이었습니다. 그리고 다음에 우리는 다시 반제 호수에 있었습니다. 당신은 그곳을 마음에 들어 하지 않았지요(실제로 당신이 했던 이 말은 꿈을 꾸는 내내 내 귓가를 맴돌았습니다). 울타리 사이의 문을 통과하여 마치 공원이나 묘지에 들어가듯 호수로 다가가 참으로 많은 것을 체험했습니다. 하지만 그런 것을 일일이 설명하기에는 너무도 지난 일이 되어버렸군요. 나도 그 기억을 되살리려면 한참 동안 고생해서 생각을 해봐야만 할 겁니다.

펠리체 바우어에게, 1913. 4. 11. F 363 [19]

어젯밤 꿈에서 나는 급경사진 공원을 운행할 새로운 형태의 교통수단을 발명했다. 너무 두껍지 않은 가지를 하나 땅바닥에 눕힌다. 그리고 한쪽 끝을 손으로 잡고 최대한 가볍게, 말 탈 때 여자들이 앉는 자세로 앉는다. 그러면 당연히 가지는 경사진 비탈을 빠른 속도로 내려가게 되어 있다. 그 위에 앉은 사람도 나뭇가지의 유연한 움직임과

속도를 느끼며 즐겁게 기우뚱거릴 수 있다. 그러다 보니
가지를 타고 비탈을 올라가는 가능성까지도 발견된다. 설
비의 초간단함 이외에도 이 방법의 주된 장점은, 가지가
얇아 쉽게 움직일 수 있다는 것이다. 필요에 따라서는 아
래로 잠겼다 위로 솟아오르기도 하므로 인간 혼자 힘으로
는 통과가 불가능한 곳이라 해도 어디나 다 갈 수 있다.

일기, 1913. 7. 21. KKAT 567

한밤중에 무방비 상태로 심각한 착란 증세를 겪었습니
다. 걷잡을 수 없는 온갖 상상이 제멋대로 튀어나오고 혼
돈 그 자체였습니다. 절박한 상황에 다다랐을 즈음, 검은
색 나폴레옹 야전모가 나를 구했습니다. 모자는 내 의식
의 위를 덮으면서 내 정신을 힘껏 붙잡아 주었지요. 그와
동시에 심장이 거세게 뛰었고, 비록 창문이 활짝 열려 있
고 밤공기가 상당히 차가웠음에도 불구하고 나는 이불을
걷어치웠습니다.

펠리체 바우어에게, 1913. 8. 6. F 436

암울한 마음. 오후의 혼몽한 잠 속에서, 고통은 마침내 내
머리통을 폭파해버린다. 그것도 관자놀이 부분을. 이런 상
상을 하는 동안 내 눈앞에 나타난 것은 하나의 총상이었
다. 상처 구멍 가장자리는 날카로운 모서리 모양으로 찢
겨 너덜거린다. 사납게 열어젖힌 양철 깡통처럼.

일기, 1913. 10. 15. KKAT 585[20]

꿈. 오르막길 중간쯤에, 그것도 차도 한가운데에 아래에서
보았을 때 왼쪽 방향에서 시작된 오물, 혹은 굳어버린 진
흙 더미가 오른편을 향해 쭉 흘러내리고 있다. 왼편에서
는 거의 울타리만큼이나 높이 쌓여 있는 그것은 오른편으
로 갈수록 바스러지면서 점점 더 낮아지는 형태였다. 나
는 비어 있는 오른편 가장자리로 걸어갔다. 아래쪽에서
세발자전거를 탄 남자가 나를 향해 올라오는데, 보아하니
오물 덩이를 그대로 관통하고 지나갈 작정인 듯했다. 그
는 눈이 없는 것 같았다. 적어도 그의 눈이 색을 지워버
린 두 개의 구멍처럼 보였던 건 사실이다. 세발자전거는
나사가 빠진 듯 느슨하게 흔들거렸고, 그래서 불안해보이
긴 했지만 삐걱거리는 소리는 나지 않았으며 지나칠 정도
로 조용하고 가볍게 움직였다. 마지막 순간에 나는 그 남
자를 멈추게 하고, 그의 몸을 자전거 손잡이인 것처럼 붙
잡고는, 내가 왔던 틈새로 이끌었다. 그러자 그가 내 쪽으
로 쓰러졌다. 그런데 꿈속에서 나는 엄청나게 몸집이 커
서, 부자연스러운 자세인데도 불구하고 그를 받칠 수 있
었다. 주인 없는 상태가 된 자전거는 뒤로 미끄러지기 시
작했고, 느린 속도이긴 하나 나도 함께 끌고 갔다. 우리는
여러 명의 사람들이 빽빽하게 올라서 있는 건초 마차 옆
을 지나갔다. 마차 위 사람들은 모두 검은 옷을 입었는데
그중에는 밝은 회색빛 모자챙을 위로 접어 올린 보이스카
우트 소년이 한 명 있었다. 이미 조금 떨어진 곳에서부터
나는 소년을 알아보고는, 그 애가 나를 도와줄 거라고 기

대했다. 하지만 소년은 날 외면하더니, 사람들 틈으로 파고들어가 숨어버렸다. 건초 마차 뒤에서 — 자전거는 계속해서 굴러가고 있고 나는 두 다리를 벌린 채 허리를 잔뜩 숙이고 끌려가는 중이었다 — 누군가가 내 쪽으로 다가와 나를 도와주었지만, 그가 누구인지는 지금 기억나지 않는다. 내가 아는 건 단지, 신뢰할 만한 사람인 그는 팽팽하게 당겨진 검은색 천 뒤에 모습을 감춘 듯한 인물이니, 그의 자기 은폐를 존중해 주어야만 한다는 것이다.

일기, 1913. 11. 17. KKAT 592f.[21]

꿈. 프랑스의 정부 청사. 네 명의 남자들이 탁자를 둘러싸고 앉아 있다. 자문 회의가 열리는 중이다. 나는 오른쪽 사이드에 앉아 있던 남자를 기억한다. 그의 얼굴은 납작하게 눌린 모양이고 피부색은 노르스름하며 앞으로 한참 튀어나온(편평한 얼굴 때문에 더더욱), 똑바로 일직선을 그리며 앞으로 튀어나온 코와 입술 위로 아치 모양으로 늘어진, 기름기로 번들거리는 검고 뻣뻣한 콧수염을 가졌다.

일기, 1913. 11. 21. KKAT 595f.

아침 무렵의 꿈. 나는 어느 요양소의 정원에서 긴 탁자에, 그것도 가장 상석에 앉아 있다. 꿈속의 나는 나 자신의 등을 볼 수 있다. 흐리고 침침한 날이었다. 나는 가벼운 나들이를 나온 것이 분명한데, 자동차를 타고 비탈길을 단숨에 달려 방금 전에 그곳에 도착한 터였다. 아마도 안에서는 한창 식사를 준비하는 모양이다. 그런데 음식 시중을 드는 하녀 한 명이, 가을 낙엽 빛깔의 옷을 입은 젊고 나긋한 처녀인데, 가벼우면서 허공에 살짝 들린 듯한 걸음걸이로 요양소 본관 앞 기둥이 늘어선 홀을 지나 정원으로 내려오는 것이 보인다. 그녀가 무엇을 하려는지는 아직 알 수 없다. 그래서 손가락으로 나 자신을 가리키면서, 나에게 오는 거냐고 묻는다. 그녀는 정말로 나에게 편지 한 통을 건네준다. 내 생각에 그것은 내가 기다리던 그 편지가 아니다. 편지는 아주 얄팍하고, 봉투에는 낯설고 가는 필체가 불안정하게 적혀 있다. 그래도 내가 봉투를 열자, 안에서 글이 가득 적힌 얇은 편지지가 한없이 쏟아져 나온다. 그러나 모두 알지 못하는 낯선 필체이다. 나는 읽기 시작한다. 편지지를 몇 장 뒤적여보니, 이 편지는 분명 F의 가장 어린 여동생으로부터 온, 아주 중요한 내용이 분명하다는 결론에 이른다. 나는 탐욕스럽게 편지를 읽는다. 그때 내 오른쪽에 앉은 사람이, 그가 여자인지 남자인지는 기억나지 않으며, 어쩌면 아이였을 가능성도 있는데 내 팔 너머로 편지를 들여다본다. 나는 고함친다. "안 돼요!" 탁자에 둘러앉은 신경과민의 사람들이 몸을 부들부들 떨기 시작한다. 내가 아마도 뭔가 불행을 야기한 듯하다. 그래서 서둘러 다급하게 변명을 늘어놓고, 다시 편지를 읽으려 한다. 편지 위로 몸을 수그리자, 나는 불가피하게 꿈에서 깨어난다. 마치 스스로의 고함 때문에 잠이 깨어버린 듯이. 선명한 의식 속에서 다시 잠 속으로 돌아가려고 엄청나게 노력을 기울이자, 정말로 꿈속의 상황이 다시금 펼쳐진다. 나는 정신없이 서둘러 안개처럼 희미한 편지의 글자들을 두세 줄 읽어나가지만, 그 내용은 조금도 기억할 수 없다. 그리고 계속해서 잠이 들면서, 꿈도 어딘가로 사라져버린다.

일기, 1913. 11. 24. KKAT 597f.[22]

꿈. 베를린, 거리들을 지나, 그녀의 집으로. 고요하고 행복감 넘치는 마음. 아직 그녀의 집에 도착한 건 아니지만, 그곳에 쉽게 가 닿으리라는 가능성이 있으니, 분명히 그녀의 집에 도달하게 될 것이다. 양쪽에 집들이 늘어선 거리가 나온다. 어느 하얀색 집 대문에는 "노르덴 대강당"(어제 신문에서 읽은 제목)이라는 표시에 꿈속에서 첨가된 "베를린 W"가 붙어 있다. 빨간 코를 한 붙임성 좋은 늙은 경비에게 물어보니, 일종의 하인 유니폼 비슷한 것을 입고 있는 그는 너무도 상세하게 알려주며, 심지어 멀리 떨어진 조그만 잔디밭까지도 가리키면서, 길을 건너려면 안전을 위해 일단 그곳에서 멈추는 편이 좋을 거라고 충고도 아끼지 않는다. 그것은 전차나 지하철 등등의 교통 때문이다. 이제 더 이상 그의 설명을 따라갈 수 없게 된 나는, 그녀 집까지의 거리를 과소평가했다는 사실을 알고는 놀라서 묻는다. "그렇다면 반 시간이나 걸리겠네요?" 그러나 그 늙은 남자는 "나는 6분이면 거기 도착한답니다" 하고 대답한다. 그 기쁨이라니! 어떤 한 남자, 하나의 그림자, 한 명의 동반자가 늘 나와 동행한다. 그게 누구인지는 알 수가 없다. 돌아보거나 옆을 볼 시간조차 없기 때문이다. 나는 베를린의 어느 여관, 보아하니 젊은 폴란드 유대인만 머무는 숙소의 아주 작은 방에서 머문다. 나는 물병을 비운다. 어떤 한 사람이 계속해서 조그만 타자기를 두드린다. 누가 무얼 물어도 고개를 쳐들 생각도 하지 않은 채. 베를린 지도를 펼쳐보지 않는다. 대신 손바닥에 놓인 지도와 비슷하게 생긴 책을 들여다본다. 그 책은 매우 다른 형식을 담고 있다는 것이 매번 판명된다. 베를린 학교의 목록, 조세통계, 그런 등등의 항목이 나와 있다. 나는 그 내용을 믿고 싶지 않지만 사람들은 미소 띤 얼굴로 나에게 그것이 아주 확실하다고 알려준다.

일기, 1914. 2. 13. KKAT 635f.[23]

어제 잠들기 직전 처음으로 눈앞에 흰말이 나타났다. 나는 처음에 그것이 벽을 향해 누운 내 머리에서 달려 나왔고, 내 몸을 넘어 침대에서 뛰어내린 후, 모습을 감추어 버렸다는 인상을 받는다.

일기, 1914. 5. 27. 이후. KKAT 520[24]

어젯밤의 꿈. 카이저 빌헬름의 궁전. 아름다운 성의 모습 "타박스콜레기움*"과 비슷한 방. 마틸데 세라오와 함께

* 담배교단. 정기적으로 모여 끽연을 즐기는 모임으로 과거 프로이센에서 시작됨.

하지만 유감스럽게도 모두 잊어버리고 말았다.

일기, 1914. 12. 2. KKAT 704[25]

많은 꿈들. 닥터 마르슈너와 하인 피미스커가 뒤섞여 나타남. 단단하고 붉은 뺨, 포마드를 바른 검은 수염, 마찬가지로 억세고 텁수룩한 머리카락.

일기, 1915. 9. 29. KKAT 756[26]

반쯤 잠이 든 상태에서 오랫동안 에스테르를 보았다. 그녀는, 내가 받은 인상에 의하면 모든 종류의 정신적 행위를 위해서라면 언제나 발휘할 것이 분명해 보이는 그런 열정을 가지고, 밧줄 매듭을 이빨로 꽉 물고는 텅 빈 공간에서 종처럼 이리저리 흔들리고 있었다(그건 극장의 플래카드를 연상시켰다). 둘 다 참으로 사랑스럽지 않은가. 그리고 마찬가지로 반쯤 잠이 든 상태에서 조그맣고 간악한 여선생을 보았는데, 그녀는 카자크인*처럼, 하지만 몸을 붕 띄운 채로 가볍게 춤을 추면서, 살짝 기울어진, 황혼 속에서 진갈색으로 보이는 울퉁불퉁한 벽돌 포석 위를 아래위로 오르락내리락 날아다녔다.

일기, 1915. 11. 3. KKAT 770[27]

방금 전에 꾼 꿈. 우리는 카페 콘티넨탈 인근의 그라벤 거

* 15세기 후반에서 16세기 전반에 걸쳐 러시아 중앙부에서 남부 변경 군영 지대로 이주, 농사를 지으며 군무에 종사하던 사람들. 말을 잘 탄다.

리에서 살고 있었다. 헤렌 거리에서 군인들 한 연대가 나오더니 국영 철도역 쪽으로 꺾어졌다. 아버지는 "남자란 할 수 있는 동안은 늘 이런 걸 봐야 하는 법이지" 하고 말하며 창문 위로 훌쩍 뛰어오르더니(펠릭스의 갈색 잠옷을 걸친 아버지는 전체적으로 두 사람이 완전하게 뒤섞인 모습이었다) 창틀 아래 매우 넓고 매우 심하게 경사진 바깥쪽 벽 위에서 두 팔을 활짝 벌린다. 나는 아버지가 떨어지지 않도록, 잠옷 끈에 매달린 조그만 사슬 두 개를 양손으로 붙들고 있다. 심술궂은 마음에 아버지는 몸을 더더욱 바깥으로 뻗었고, 나는 아버지를 놓치지 않으려고 최대한 안간힘을 써야만 한다. 아버지의 무게 때문에 끌려가지 않으려면, 내 발을 밧줄로 어딘가 고정된 것에 묶어두면 좋겠다는 생각이 든다. 그런데 이 생각을 실행하기 위해서는 잠시 동안이나마 아버지를 잡은 손을 놓아야 하는데, 그건 불가능하다. 내 잠은 온 힘을 다해 필사적으로 이 긴장을 견디고 있다. 그러다 마침내 더 이상 그 무게를 이겨낼 수 없어진 순간, 나는 잠에서 깨어난다.

일기, 1916. 4. 19. KKAT 778[28]

꿈. 남자들 두 그룹이 서로 싸우고 있었다. 그중에서 내가 속한 그룹은 적 한 명 — 몸집이 거인처럼 아주 큰 나체의 남자 — 을 붙잡았다. 다섯 명이 거인의 머리를 들고, 팔과 다리 하나마다 두 명씩 달라붙었다. 우리는 칼이 없으므로 거인을 찔러 죽일 수가 없었다. 우리는 서로에게 혹시 누가 칼을 갖고 있느냐고 다급하게 물었지만 아무도 갖고 있지 않았다. 어떤 이유에서인지 우리는 조금도 시간을 지체할 수가 없었고, 우리 곁에는 마침 난로가 하나 있었다. 난로의 비정상적으로 커다란 주철 뚜껑이 시뻘겋게 달아올라 있었다. 우리는 힘을 합해 남자를 끌어와, 그의 발 하나가 난로에 가까이 닿도록 놓았다. 발에서 연기가 나기 시작하면 다시 뒤로 잡아당기고, 연기가 다 날아가고 나면 다시 난로 가까이 갖다 놓았다. 이와 같은 과정을 우리는 여러 번 똑같이 반복했다. 그러다 마침내 내가 식은땀에 젖었을 뿐만 아니라, 실제로 이빨이 덜덜 떨리는 공포 속에서 잠이 깰 때까지.

일기, 1916. 4. 20. KKAT 779f.

전율스러운 꿈이 하루 종일 기분에 영향을 미쳤는데, 기묘하게도 그 꿈 자체는 전율스러운 요소를 전혀 포함하지 않았고, 단지 거리에서 몇몇 지인들과 일상적으로 마주친 것이 전부였습니다. 구체적인 내용은 기억이 나지 않지만 당신이 거기 없었다는 것만은 분명해요. 전율스러웠다고 말한 것은 내가 마주친 지인 한 명에게서 느꼈던 감정 때문입니다. 이런 종류의 꿈은 아마도 아직 한 번도 꾼 적이 없는 것이 분명합니다.

막스 브로트에게, 1916. 7. 5. BKB 145

닥터 한찰의 꿈. 닥터 한찰이 책상에 앉아 있는데, 등받이에 몸을 기댄 자세이면서 동시에 앞으로 수그린 자세이기도 했다. 물처럼 맑은 눈동자. 그는 천천히 그리고 상세히 특유의 방식으로 생각들을 펼쳐놓는데, 꿈속의 나는 그의 말을 거의 듣지 못한 채 말을 전달하는 그의 방식을 따라가기만 한다. 닥터 한찰의 아내도 함께 있었다. 그녀는 짐을 잔뜩 들고 있고, 놀랍게도 내 손가락들을 가지고 장난을 쳤다. 그녀의 두터운 옷소매에서 모피 한 자락이 비죽 튀어나왔다. 그녀의 팔은 옷소매의 아주 적은 부분만을 차지하고 있고, 나머지는 딸기가 가득 채우고 있었다.

일기, 1916. 7. 6. KKAT 792[29]

악몽을 꾸었습니다. 건물 수위실에서 전화가 와서, 내게 온 편지 한 통을 보관하고 있다고 합니다. 나는 아래층으로 달려 내려갑니다. 하지만 그곳에 수위는 없고, 대신 배달부로부터 우편물을 접수하는 우편함 관리인이 있을 뿐입니다. 편지를 달라고 합니다. 관리인은 탁자 위를 뒤지지만, 방금 전까지 거기 있었어야 할 내 편지를 발견하지는 못합니다. 그는 말하기를, 그럴 자격도 없는데 마음대로 배달부로부터 우편물을 받은 데다가 그걸 우편함 관리인에게 갖다주지도 않은 수위의 잘못이라는 것입니다. 그러니 나는 수위가 올 때까지 기다리는 수밖에 없어요. 그것도 매우 오랫동안. 마침내 수위가 옵니다. 수위는 거인처럼 몸집이 크고, 또 그만큼이나 아둔한 사람입니다. 그는 편지가 어디 있는지 모릅니다. 절망한 나는 감독관에게 하소연하려고 합니다. 우편배달부와 수위의 대질심문을 요구하고, 수위는 앞으로 결코 배달부로부터 우편물을 받을 수 없다는 것을 확인시킬 것입니다. 나는 반쯤 정신이 나간 상태로 복도와 계단을 헤매고 다니며 헛되이 감독관을 찾아 나섭니다.

펠리체 바우어에게, 1916. 10. 1. F 714 [30]

베르펠의 꿈, 베르펠이 꿈에서 말했다. 그가 지금 머물고 있는 니더외스터라이히 지방에서, 거리를 걷다가 우연히 한 남자와 슬쩍 부딪혔는데 그 남자가 다짜고짜 끔찍하게 심한 욕설을 퍼부었다고. 구체적으로 뭐라고 했는지는 잊어버렸다. 기억나는 것은 다만, "야만인"이라는 단어가 들어갔다는 것(세계대전과 관련하여), 그리고 "프롤레타리아 터시"라는 말로 끝났다는 것이다. 흥미로운 조합이다. "터시"는 "터키인"을 가리키는 사투리이고 "터키인"이 욕설이 된 것은 분명 오래전 터키와의 전쟁 때 빈 포위 사건*에서 유래한 전통이며 "프롤레타리아"는 새로 생긴 신조어 욕설인 셈이다. 욕을 하는 자의 우둔하고 고리타분한 성격이 잘 드러난 용어이다. 오늘날에는 엄밀히 말해서 "터키인"도 "프롤레타리아"도 욕설이 될 이유가 없는 어휘이므로.

일기, 1917. 9. 19. KKAT 835 [31]

* 1529년과 1683년 두 차례에 걸쳐 오스만제국 군대가 빈을 공격한 것을 일컫는다.

아버지에 관한 꿈. 소규모의 청중(판타 부인도 그중 한 인물이다)이 있다. 아버지가 청중 앞에서 어떤 사회 개혁 아이디어를 최초로 발표하는 자리이다. 아버지의 의도는 이 선별된 청중이, 특히나 아버지 자신이 생각하기에 선별된 사람에 속하는 청중이, 그의 아이디어를 널리 선전해 주리라는 바람이다. 아버지는 자신의 아이디어를 겉으로는 아주 겸손하게 표현한다. 자신은 청중이 모든 것을 잘 이해한 다음에, 청중 각자가 친하고 또 관심사를 나누는 사람들, 그래서 나중에 더 큰 집회가 열릴 때 초청할 수 있을 만한 그런 사람들의 주소를 자신에게 알려주는 것, 그 이외에는 아무것도 바라지 않는다면서. 아버지는 거기 모인 사람들과 아직까지 그 어떤 안면도 없었다. 그래서 그는 청중을 지나치게 진지하게 대한다. 검은 재킷을 입고 나와 자신의 아이디어를 심할 정도로 상세하게 설명하면서, 겉멋 든 예술 애호가의 모든 면모를 다 드러낸다. 청중은 비록 강연과 관련해 아무런 사전 준비도 없이 그 자리에 왔지만, 그럼에도 불구하고 이 강연이 이미 한참 전에 너도나도 떠들다가 유행이 다 지나가버린 허접하고 낡은 사상을 마치 독창적인 내용인 양 자랑스럽게 떠벌리는 것임을 단번에 알아차린다. 청중의 이런 반응을 아버지도 눈치챈다. 아버지는 반론이 나올 것을 기대한다. 지금껏 흔하게 반론과 마주치면서 반론의 시험을 당해온 것이 분명한 아버지는, 하지만 이번에도 역시 그 어떤 반론도 효력이 없을 것임을 확신하면서, 입가에 쓰디쓴, 그러나 기품 있는 미소를 잃지 않은 채 강연을 더욱 열성적으로 이어나간다. 아버지의 강연이 끝나자 전체적으로 짜증 섞인 웅성거림이 이는 가운데, 아버지의 아이디어라는 것이 전혀 독창적이지도 않고 현실성도 없다는 평들이 들려온다. 강연 내용에 관심을 가지는 사람은 많지 않다. 그래도 선량한 성품 때문인지 아니면 나와의 친분 때문인지, 주소 몇 개를 아버지에게 건네주는 사람들의 모습이 여기저기 보이기는 한다. 청중의 전체적인 반응에 전혀 동요하는 법 없이 아버지는 강연 원고들을 정리하고, 미리 준비했던 흰 종이를 꺼내 주소들을 받아 적기 시작한다. 내가 알아들을 수 있는 것은 오직 궁정 대신인 스트리차노프스키, 혹은 그와 비슷한 이름뿐이다. 나중에 나는 아버지가, 펠릭스와 놀 때 하는 그런 자세로 바닥에 앉아 소파에 등을 기대고 있는 모습을 본다. 깜짝 놀란 나는 아버지에게 거기서 뭐하는 거냐고 묻는다. 아버지는 자신의 아이디어에 대해 생각하는 중이다.

일기, 1917. 9. 21. KKAT 836f. [32]

친애하는 펠릭스, 당신의 강좌로부터 받은 내 인상을 짧게 증명하는 선에서, 어젯밤의 꿈을 알려드리도록 하지요. 감탄스러웠는데, 내 잠이 그러했다는 게 아니고(잠은 도리어 아주 끔찍한 편에 가까웠지요, 특히 최근에는 더더욱 그렇습니다. 내가 체중이 준다면 교수가 나를 취라우에서 나가게 조치할 겁니다, 그러면 어떻게 해야 할까요?), 꿈도 아니고, 꿈속에서의 당신의 행동이 놀라웠습니다.

우리는 어느 길목에서 마주쳤습니다. 나는 이제 막 프라하에 도착한 듯한데, 당신을 만나서 매우 기뻤습니다. 그런데 나는 당신이 이상할 정도로 비쩍 말랐고, 초조해하고, 교수들이 그렇듯 어딘지 모르게 비비 꼬인 태도를 갖고 있다는 (당신은 한껏 꾸며낸 부자연스런 태도로 무감각하게 시곗줄을 붙잡고 있습니다) 생각이 듭니다. 당신은 대학으로 가는 중이라고, 대학에서 강좌 하나를 맡고 있다고 말했습니다. 나도 기꺼이 함께 가서 강좌를 듣고 싶다고 합니다. 하지만 그 전에 우리 바로 앞에 있는 가게에 잠깐 들러야 한다고 했지요(그곳은 랑엔 거리의 끝이었고, 맞은편에는 커다란 주점이 자리 잡고 있었습니다). 당신은 내가 나올 때까지 기다리겠다고 약속을 했지만, 내가 주점 안에 있는 사이 생각을 좀 해보더니, 내게 편지를 남겼습니다. 내가 어떻게 그 편지를 받았는지는 기억나지 않지만, 편지에 적힌 필체는 아직도 눈앞에 선명합니다. 편지의 내용은 이랬습니다, 강좌는 3시에 시작한다, 그래서 더는 기다릴 수가 없다, 강좌를 듣는 사람 중에는 자우어 교수도 있는데, 당신은 지각을 함으로써 그를 실망시키면 안 된다, 그 교수를 보기 위해 많은 소녀들과 여자들이 강좌를 들으러 오는 것이다, 그러니 교수가 오지 않으면, 수많은 다른 수강생들도 따라서 오지 않는다는 것을 의미한다, 그러므로 당신은 서둘러야 한다.

하지만 나는 걸음을 빨리해서, 로비쯤에서 당신을

따라잡았습니다. 건물 앞에는 황폐한 들판이 펼쳐져 있고, 그곳에서 공놀이를 하던 한 소녀가 당신에게 이제 여기서 무엇을 할 거냐고 물었습니다. 당신은 강좌를 시작할 거라고 대답하면서, 강좌에서 읽을 내용, 두 명의 작가들, 작품과 어떤 장을 다룰 것인지도 상세하게 일러 주었습니다. 매우 수준이 높은 강좌였습니다. 나는 첫 번째 작가의 이름인 헤시오도스*만 기억할 수 있었지요. 두 번째 작가에 대해서는 그의 이름이 핀다로스**가 아니라 그와 비슷한 이름이라는 것밖에 알지 못합니다. 핀다로스보다 훨씬 덜 유명한 작가였으니까요. 그래서 난 속으로, 당신이 "최소한" 핀다로스 정도는 다루어야 하는데 그러지 않아서 이상하다고 생각했습니다.

우리가 강의실로 들어서자 이미 수업은 시작된 다음이었습니다. 분명 당신은 일단 강의를 시작했다가, 잠시 밖으로 나와 내가 도착했나 살펴보려 한 것이 분명했습니다. 단상 위에는 키가 크고 강해 보이는, 태도가 여성스럽지만 예쁘지는 않은, 검은 옷을 입고 들창코와 검은 눈을 지닌 소녀가 앉아서 헤시오도스를 번역하고 있었습니다. 나는 한마디도 알아듣지 못했습니다. 꿈속에서 그 소녀를 전혀 알아보지 못했습니다만 지금은 기억이 나는군요. 그

Hesiodos(?~?). 기원전 8세기 무렵의 고대 그리스 시인. 민중의 일상생활과 농업 노동의 존귀함을 노래했으며 영웅서사시에 뛰어났다.

* Pindaros(B.C.518~B.C.438). 고대 그리스 서정시인. 그리스 최대의 합창가 시인으로 알려졌다.

녀는 오스카어의 여동생이었어요. 단지 실제보다 조금 더 날씬하고 훨씬 더 키가 컸을 뿐입니다.

(아마도 당신의 주커칸들-꿈이 생각나서겠지만) 작가이면서도 저 소녀와 비교해 너무도 아는 것이 없어 스스로가 한심해진 내 입에서는 자꾸만 "이렇게 한심할 수가! 한심할 수가!" 하는 탄식이 흘러나왔습니다.

나는 자우어 교수를 보지는 못했지만 수강생 중에는 정말로 아주 많은 부인들이 있었습니다. 내 두 줄 앞에는 (그런데 부인 수강생들은 이상하게도 무대를 향해 등을 돌리고 앉아 있었습니다) G 부인이 앉아서 돌돌 말린 긴 곱슬머리를 흔들어댔고, 그녀 옆에 있는 여자를 당신은 나에게 홀츠너라고(젊은 여자였어요) 소개했습니다. 또한 우리 앞의 한 여자는 헤렌 거리에 있는 학교의 소유주라고 했습니다. 그런 여자들이 모두 당신의 학생이란 거였죠. 그중에는 우리와 다른 쪽의 좌석에 앉아 있는 오틀라도 보였습니다. 얼마 전에 나는 당신의 강좌 때문에 오틀라와 싸운 적이 있었습니다(오틀라는 당신의 강좌에 가기 싫다고 했는데 지금 보니 흡족하게도 강좌에 출석했을 뿐만 아니라 그것도 매우 일찍 와서 자리를 잡고 있었던 겁니다).

눈길 닿는 모든 곳에서, 비록 잡담 형식일지라도, 누구나 다 헤시오도스 이야기를 하고 있었습니다. 단상에서 낭독을 하는 소녀가 우리가 들어오는 것을 보고 미소를 보내주었고, 수강생들이 너그럽게 이해하는 가운데 오랫동안 웃음을 참지 못했다는 사실은 나에게 위안이 되었습니다. 하지만 소녀는 그 와중에도 올바르게 번역을 진행하면서 해설하는 일은 멈추지 않았습니다.

그녀가 번역을 다 마치고 당신이 원래의 강의를 계속해서 진행하려고 할 때, 나는 당신을 향해 몸을 굽히고 당신 책을 함께 읽으려고 했습니다. 그런데 참으로 놀랍게도 당신은 다 낡아빠지고 지저분한 레클람 문고본을 앞에 펼쳐놓고 있더군요. 그러니까 당신은 그리스어 텍스트를 통째로 머리에 — 탁월한 신적 경지에 이르러서 — "암기하고" 있는 것이었습니다. 이러한 인상은 아마도 당신의 마지막 편지에서 영향을 받은 것 같습니다. 하지만 지금부터는 — 이런 상황에서는 줄거리를 더 이상 따라갈 수 없을 거라고 나 스스로 미리 인식을 해버린 탓이겠지요 — 꿈 전체가 희미해졌습니다. 이제 당신의 외모는 과거 내 학창 시절의 급우와 어느 정도 유사합니다(내가 참 좋아했던 그 친구는 권총으로 자살했는데, 지금에야 떠오른 사실이지만 단상에서 헤시오도스 번역을 발표했던 소녀와도 조금이나마 비슷한 외모를 갖고 있었습니다). 즉 그렇게 당신의 모습이 달라졌고, 새로운 강좌가 시작됩니다. 이번에는 세부적인 요소가 훨씬 덜한 음악 강좌인데, 강사는 뺨이 붉고 키가 작은 검은 머리의 젊은이입니다. 그는 (음악에 대한 내 견해를 대변하는 것처럼) 화학자이면서 나중에 미쳐버리고 말았던 내 먼 친척과 비슷하게 생겼습니다.

이것이 꿈의 내용입니다. 당신의 강좌에 비하면 한

참이나 부족한 꿈이었지요. 이제 자리에 누워 한잠 더 자면서, 강좌를 더욱 강렬하게 묘사하는 꿈을 꿀 준비를 해야겠습니다.

펠릭스 벨치에게, 1917. 10. 22. 추정. Br 183~185 [33]

타글리아멘토 강 전투의 꿈. 평원, 하지만 강은 없다. 서로 밀치며 몰려든 흥분한 구경꾼들, 상황에 따라 앞으로 밀려나오거나 혹은 뒤로 물러설 준비가 되어 있다. 우리 앞에는 높다란 고원이 있고, 고원 가장자리에는 규칙적으로 듬성듬성 공백을 두고 키 큰 풀들이 자라난 것이 아주 똑똑히 보인다. 고원 위쪽과 고원 건너편에는 오스트리아 군이 전투를 벌인다. 구경꾼들은 긴장한다. 어떤 결과가 나올 것인가? 사람들은 아마도 중간에 잠시 눈을 쉬기 위해서, 거무스름한 산비탈에 드문드문 있는 덤불들을 바라본다. 덤불 뒤에서 이탈리아 군 한두 명이 총을 쏜다. 하지만 그건 별 의미가 없다. 어느 정도 달리면 피할 수 있다. 다시 고원으로. 오스트리아 군은 고원 가장자리의 빈 공간을 따라 달리다가, 수풀이 나오면 단숨에 그 뒤로 가서 멈추어 섰다가, 다시 달린다. 전투가 그다지 잘 풀리지 않는 것 같다. 하지만 과연 전투라는 것이 잘 풀릴 수 있을지, 그것은 확신할 수 없는 일이다. 어떻게 인간이, 자기 방어의 의지를 가진 다른 인간을 한 번이라도 제압할 수가 있을까. 전망은 암담하다. 전면적인 퇴각이 불가피해 보인다. 그때 프로이센 소령 한 명이 나타난다. 그는 그동안 내내 우리와 함께 전투를 구경하고 있던 사람이지만, 지금 마치 갑자기 텅 비어버린 공간에 태연히 들어선 것처럼, 그렇게 새로이 모습을 드러낸다. 그는 양손의 손가락을 두 개씩 입에 물고, 개를 부를 때 하듯이 휘파람을 분다. 하지만 애정이 깃든 휘파람이다. 가까이 있던 그의 부대는 그 신호를 받고는 전장으로 출격해온다. 프로이센 정예부대, 침착하고 조용한 젊은이들이다. 수가 많지는 않다. 아마도 한 개 중대 정도인데 전부 장교들로 보인다. 적어도 그들 모두 세이버*를 차고 있으며, 군복은 검은색이다. 그들은 우리 앞을 짧은 보폭으로 느리고 절도 있게 행군해 간다. 때때로 우리를 바라보면서. 죽음으로의 행군을 당연하게 받아들이는 그들의 태도는 감동적이면서 장엄하고 동시에 승리에 대한 보장이기도 하다. 그들의 개입으로 구원받은 나는 잠에서 깨어난다.

일기, 1917. 11. 10. KKAT 843f.[34]

당연히 당신은 지금 과도하게 바쁘겠지요. 당신보다 내가 더 잘 알고 있습니다. 매주, 관청의 보호도 없이 오직 혼자서 개인 단독 책임으로, 당신으로부터 결정적인 답변을 들어야겠다고 요구하는 사람들 앞에 나서고, 또 어쨌든 당신이 그들에게 그런 권리를 주는 입장이기도 하니까요. 그것은 매우 위대한 업무입니다. 거의 종교적이기까지 해

* 날이 휜 기병용(騎兵用) 칼.

요. 나는 또다시 그에 관한 꿈을 꾸었고, 그 꿈의 인상에서 아직 벗어나지 못했습니다. 그런데 꿈에서 당신이 강의한 것은 식물학에 관련한 내용이더군요(이걸 크라우스 교수에게 말하세요). 민들레와 비슷한 꽃, 그런 종에 속하는 꽃을 들고 당신은 청중을 향해 내밀었습니다. 그것은 각각의 꽃들이 묶인 커다란 견본 다발이었습니다. 견본은 겹겹이 쌓여, 단상에서 천장까지 닿는 상태로 청중에게 내밀어졌습니다. 당신 혼자서 두 손만으로 어떻게 그렇게 할 수 있었는지는 알지 못합니다. 그리고 뒤쪽 어딘가에서 (…) 혹은 어쩌면 꽃송이 안에서 빛이 한 줄기 새어나왔습니다. 나는 청중의 모습에서도 몇 가지 사항을 관찰했지만, 지금은 기억나지 않습니다.

펠릭스 벨치에게, 1918년 2월 초. Br 232f.[35]

당신이 꿈속에서 생각으로 괴로워하고 있을 때, 나는 트로이카*를 타고 라플란드**로 떠납니다. 이것이 어젯밤 꿈이었습니다. 아니 어쩌면 여행을 떠나지는 않았고, 삼두마차가 여행 채비를 마친 것뿐일지도 모릅니다. 마차 손잡이는 거대한 동물의 뼈였습니다. 마부는 나에게, 마구를 마차에 연결하는 상당히 영리하고도 기묘한 기술을 설명해 주었습

* 삼두마차. 러시아 특유의 교통기관으로, 세 필의 말이 끄는 썰매다. 두 사람 내지 네 사람이 타며 눈이 녹으면 마차로 바꾼다.
** 스칸디나비아 북부 지역. 아시아계 소수민족인 라프족이 사는 노르웨이, 스웨덴, 핀란드 및 러시아의 일부를 포함한다.

니다. 여기서 그 설명을 전부 다 실제 분량 그대로 묘사할 생각은 없습니다. 내 어머니, 어머니의 존재 혹은 단지 어머니의 목소리가 거기 있어서, 남자의 민속 의상을 평가하면서 바지가 종이 섬유인데 본디(Bondy)라는 회사 제품이라고 설명을 했고, 그 고향의 말소리가 북쪽 나라를 향해 울렸습니다. 그것은 아마도 얼마 전의 기억 때문인 듯합니다. 왜냐하면 여기에 유대적인 것이 있고, 종이 섬유가 한때 화제가 되었으며, 본디라는 회사 이름도 들었기 때문이죠.

막스 브로트에게, 1919. 2. 8. BKB 263 [36]

최근에 나는 간접적이나마 너에 관한 꿈을 꾼 적이 있다. 나는 유모차에 아이를 싣고 돌아다니는 중이었어. 살이 찌고 피부가 희면서도 볼이 빨간 아기였지(보험 공사 직원의 아기였어). 내가 아기에게 이름이 무엇이냐고 묻자, 아기는 흘라바타(다른 직원의 이름)라고 대답해. "그럼 성 말고 이름은 뭐지?" 하고 내가 다시 물었어. "오틀라." "뭐라고?" 깜짝 놀란 내가 되물었지. "그건 내 여동생 이름인데. 여동생도 이름이 오틀라이고 뒤에 붙은 이름도 흘라바타야." 그러나 나는 전혀 나쁜 뜻으로 말한 건 아니야, 도리어 자랑스러워했던 거지.

오틀라 카프카에게, 1919. 2. 24. O 70 [37]

최근에 꿈에서 네가 쓴 산문 한 편을 『자위군』에서 읽었단다. 제목은 '편지'였지. 네 개의 긴 단락, 힘이 넘치는 언어. 그것은 막스 뢰비의 병환을 위로하기 위해 마르타 뢰비에게 보내는 글이었어. 그런데 그것이 왜 『자위군』에 실렸는지, 그건 내가 이해하지 못하는 점이었지만, 그래도 나는 매우 기뻤단다.

오틀라 카프카에게, 1920. 4. 17. O 81 [38]

어젯밤 네 꿈을 꾸었다. 위에서 말한 그 테마의 연장선상에 있는 꿈이야. 우리 세 명이 함께 앉아 있고, 그는 뭔가 한마디를 했는데, 대개 꿈에서는 늘 그렇듯이, 그의 말은 참으로 내 마음에 들었어. 그는 여자들이 남자의 일과 남자의 본성에 관심을 갖는 것이 당연하다거나 혹은 경험에 따라 그럴 수도 있다거나 하고 말하지는 않았기 때문이야. 단지 "역사적으로 증명되었다"고만 한 거지. 나는 질문에 깃든 보편성에 관심이 뺏긴 나머지 특별한 경우는 완전히 배제하고 대답했어. "그 반대도 마찬가지지" 하고.

오틀라 카프카에게, 1920. 5. 1. O 83 [39]

최근에 당신의 꿈을 꾸었습니다. 아주 길고 규모 있는 꿈이었죠. 하지만 지금 기억에는 거의 아무것도 남아 있지 않습니다. 나는 빈에 있었어요. 그때의 일은 전혀 생각나지 않습니다. 그리고 곧 프라하로 되돌아왔죠. 당신의 주소를 잊었습니다. 거리 이름뿐만 아니라 도시도 잊었습니다. 오직 편지를 쓴 이의 이름만이 어렴풋하게 떠오를 뿐이었죠. 하지만 그것만으로는 아무것도 할 수가 없었습니다. 당신은 내게서 완전히 모습을 감추어버린 것입니다. 절망에 휩싸인 나는 머리를 짜서 이것저것 수단을 시도해 보았습니다. 그런데 그 시도들은 무슨 이유에서인지 전혀 실행이 되지는 않았지요. 그중에서 단 하나만 기억이 납니다. 나는 봉투에 M. 예젠스카라고 쓰고, 그 아래에 "이 편지를 배달해주시기 바랍니다. 그렇지 않으면 재무국은 엄청난 손실을 입게 됩니다"라고 썼습니다. 이렇게 위협을 해놓으면 아마도 국가는 당신을 찾아내는 데 모든 수단을 동원하게 될 거라고 희망했던 거지요. 너무 교활한가요? 그렇다고 나에게 반감을 갖지는 말아주십시오. 나는 오직 꿈속에서만 음침하니까요.

밀레나 예젠스카에게, 1920. 6. 11. M 54f.[40]

오늘 아침, 잠에서 깨기 직전, 사실상 그건 잠든 직후이기도 한데, 나는 너무도 기분 나쁘기는 하지만 공포스럽다고까지는 할 수 없는(다행히도 꿈의 인상은 빠르게 휘발되어 버리니까요), 즉 오직 기분 나쁠 뿐인 그런 꿈을 꾸었습니다. 내가 약간이라도 잠을 잔 것은, 사실 그 꿈 때문이기도 합니다. 사람이 그런 꿈에서 깨어나려면 일단은 꿈이 끝까지 진행이 되어야 하니까요. 그 전에는 안간힘을 써도 도중에 빠져나올 수가 없습니다. 꿈은 혀끝에 달라붙어서 떨어지지 않으니까요.

나는 빈에 있었습니다. 빈으로 여행을 가게 된다면 어떨까, 하고 내가 백일몽으로 늘 그려보던 것과 유사한 풍경이었습니다(백일몽 속에서 빈은 오직 하나의 조그맣고 고요한 광장으로 이루어진 도시였습니다. 광장 한쪽은 당신의 집이 차지하고 있고 반대편에는 내가 묵을 호텔이 있습니다. 호텔 왼편에는 내가 도착한 서역(西驛)이, 또 그 왼편에는 내가 떠나게 될 프란츠 조셉 역이 있습니다. 그리고 내가 묵는 건물 1층에는 반갑게도 채식주의 식당까지 있습니다. 나는 거기서 식사를 합니다. 먹기 위해서가 아니라, 일종의 몸무게를 프라하로 가져가기 위해서지요. 왜 이런 얘기를 늘어놓느냐고요? 그렇죠, 이건 사실 꿈속의 내용은 아닙니다. 아마도 난 꿈 얘기를 시작하기가 두려운 걸지도 모릅니다). 꿈속에서는 이런 백일몽과 완전히 똑같지는 않았지요. 빈은 정말로 큰 대도시였습니다. 저녁 무렵, 축축하게 비가 내리고, 어둡고, 식별이 불가능한 수많은 차량들. 사각형의 커다란 공원이 내가 묵는 건물을 당신의 집과 갈라놓는 구조였습니다.

나는 갑작스럽게 빈으로 왔습니다. 내가 당신에게 보낸 편지는 아직 오고 있는 중인데(이 점은 나중에 내 가슴에 아픈 상처를 남깁니다) 내가 먼저 도착한 거죠. 어쨌든 당신은 내가 왔다는 소식을 들었고, 우리는 만나기로 했습니다. 다행히도(하지만 나는 동시에 부담스러운 감정도 느꼈습니다) 나는 혼자가 아니라 몇몇 일행과 함께였고, 한 소녀가 나와 같이 있었다는 생각이 듭니다만, 그들에 대한 자세한 것은 지금 전혀 알지 못합니다. 그들은 내게 일종의 수행원 역할을 했습니다. 단지 좀 조용히 있어 주었더라면 좋았겠지만, 그들은 아마도 나와 관련한 사항에 대해 서로 쉴 새 없이 이야기를 나누었고, 나는 신경을 긁는 그들의 웅성거림 정도만 들을 수 있을 뿐 내용을 이해하지도 못했고, 이해하고 싶지도 않았습니다. 나는 숙소 오른편의 인도 가장자리에 서서 당신의 집을 바라보았습니다. 당신의 집은 낮은 빌라였고 1층 앞쪽으로는 심플하면서 아름다운 둥근 석조 아치가 설치된 로지아*가 있었습니다.

갑자기 아침 식사 시간이 되었습니다. 로지아에는 식탁이 차려지고, 멀리서 관찰하는 내 눈에, 당신의 남편이 나와서 오른쪽의 휠체어에 앉는 것이 보였습니다. 그는 아직도 잠에 취한 듯 두 팔을 활짝 벌리고 기지개를 켰습니다. 그리고 당신이 나와서, 내가 당신의 모습을 잘 볼 수 있는 방향으로 식탁에 앉았습니다. 하지만 아주 자세히 볼 수는 없었지요, 거리가 너무 멀었으니까요. 당신 남편의 윤곽이 훨씬 더 또렷했습니다. 왜인지 이유는 알 수 없지만요. 그에 비하면 당신은 푸르스름하고, 하얗고, 희미하게 어른거리는 유령처럼 보였습니다. 당신도 두 팔을 활짝 벌렸습니다. 하지만 기지개를 켜려는 것은 아니고, 뭔가를 축하하는 듯한 동작이었습니다.

잠시 뒤, 초저녁입니다. 당신은 나와 함께 골목길을 걷고 있었습니다. 당신은 인도 위에 있고, 나는 한 발을 차도에 걸쳤습니다. 나는 당신의 손을 잡았고 우리는 터

* 건물 내부에 있는, 외부로 트인 형태의 베란다.

무니없을 정도로 빠르고 짧은 문장으로 이루어진 대화를 시작했습니다. 대화는 착착 앞으로 나갔고, 꿈이 끝날 때까지 거의 멈춤 없이 계속되었습니다.

그 대화를 다시 옮길 수는 없습니다. 기억나는 것은 단지 가장 처음의 두 문장과 가장 마지막 두 문장뿐입니다. 중간에 있는 것은 전체가 모두 하나로 뭉쳐진, 상세하게 전달할 수 없는 고통의 덩어리일 뿐입니다.

인사를 건네는 대신 나는 빠르게, 당신의 편지 속에 있는 어떤 내용 때문에 이렇게 말을 했습니다. "당신은 나를 다르게 상상했더군요." 그러자 당신이 대답했습니다. "솔직하게 말하자면, 난 당신이 좀 더 멋질 줄 알았어요." (당신은 그 밖에도 빈 식의 표현으로 뭔가를 더 말했지만 잊어버리고 말았습니다.)

이것이 가장 처음의 두 문장입니다. (이 부분에서 지금 생각이 떠올랐는데, 혹시 당신은 내가 철저하게, 그 어떤 다른 분야에서도 경험하지 못한 완전히 심각한 차원으로 철저하게 비음악적이라는 사실을 아십니까?) 그리고 이제 모든 것이 근본적으로는 다 결정이 나버린 셈이니, 무슨 말을 더 해야 할까요? 하지만 재회를 약속하기 위해 논의가 시작되었습니다. 당신의 입에서 나오는 최대로 애매한 표현들, 내 입에서 그치지 않고 나오는 집요한 질문들.

그런데 내 일행이 끼어들었습니다. 사람들이 생각하기에 내가 빈으로 온 이유는 오직 빈 인근의 한 농업학교를 방문하기 위한 것이고, 이제 그 일을 수행할 시간이 온 듯하니, 내 입장을 자비롭게 고려해주던 것을 중단하고 나를 다른 곳으로 옮겨 가려는 것이 분명했지요. 나는 그 의도를 다 읽고 있었지만, 그들과 함께 역으로 향했습니다. 아마도 정말로 떠나버릴 듯이 행동함으로써 당신에게 깊은 인상을 남기고 싶어서였을 겁니다. 우리는 모두 함께 가까이 있는 역으로 걸어갔는데, 그제야 내가 학교가 있는 장소의 이름을 잊었음이 밝혀졌습니다. 우리는 커다란 열차 시간표 앞에 서 있고, 사람들은 손가락으로 행선지 역들을 이리저리 가리키며 나에게 혹시 이곳이 아닌지, 혹시 저곳이 아닌지를 물어댔습니다. 하지만 그 어떤 곳도 다 아니었지요.

그사이 나는 당신의 얼굴을 살짝 바라볼 수가 있었습니다. 사실 나로서는 당신이 어떻게 생겼는지는 조금도 상관이 없었고, 오직 당신이 어떻게 말하는지만이 중요하긴 했습니다. 꿈속의 당신은 실제 당신과 조금도 닮지 않았습니다. 피부색은 훨씬 어둡고 얼굴은 앙상하게 말랐습니다. 둥그스름한 볼을 가진 사람은 절대로 그렇게 잔혹할 수는 없었을 겁니다. (그렇다면 당신이 잔혹했다는 뜻일까요?) 당신의 의상은 묘하게도 내 것과 같은 천으로 지어졌고, 내 것과 마찬가지로 남성적이었으므로 전혀 마음에 들지 않았습니다. 그리고 또 편지의 한 구절이 기억나는군요 (그 구절, dvoje šaty mám a přece slušně vypadám). 당신의 말이 나에게 미치는 영향력은 참으로 지대하여, 그걸 읽은 다음부터는 드레스가 무조건 마음에 들었습니다.

하지만 결국 최후가 다가오고 말았습니다. 내 일행이 아직 행선지를 찾고 있는 사이, 우리는 옆으로 물러나 논의를 이어나갔지요. 얘기를 하다 보니 대충 다음과 같이 결정이 났습니다. 다음 날은 일요일이고, 당신이 일요일에 나를 만나기 위해 시간을 내줄지도 모른다고 내가 기대하는 것에 대해 당신은 거의 역겨움을 느낄 정도로 납득할 수 없어 했습니다. 그래도 마침내 당신은 조금 양보를 해서, 40분의 시간을 비워놓겠다고 말했습니다. (이 대화가 끔찍했던 것은 당연히 당신의 말 때문이 아니라, 그 토대인 전체적인 무의미성 때문입니다. 당신은 말없이 침묵하는 가운데 이런 의사를 분명히 전달하고 있었습니다, "나는 가지 않을 거예요. 내가 간다고 해서 당신에게 무슨 도움이 될까요?") 하지만 당신이 정확히 언제 40분의 시간을 비워놓겠다는 건지, 나는 듣지 못했습니다. 당신도 모르고 있기는 마찬가지였습니다. 당신은 무척 노력해서 궁리를 해보는 것 같았지만, 끝내 결정하지는 못했습니다. 마침내 내가 물었습니다. "그러면 내가 하루 종일 기다릴까요?" "그러세요." 이렇게 대답한 당신은 몸을 돌리고, 당신을 기다리며 서 있는 사람들에게로 가버렸습니다. 그 대답의 의미는, 당신은 결코 오지 않을 것이며, 당신이 내게 유일하게 용인해줄 수 있는 범위는, 기다려도 좋다는 것, 그 허락 하나뿐이라는 사실이었습니다. "나는 기다리지 않을 겁니다" 하고 나는 나직하게 속삭였습니다. 당신이 내 말을 듣지 못했을 거라 믿었고 또 그것이 내가 할 수 있는 유일한 승리의 선언이기도 했으므로, 나는 멀어지는 당신의 뒷모습에 대고 다시 절망적으로 소리 질렀습니다. 하지만 당신에게는 상관없는 일이었어요. 당신은 더 이상 내 말에 전혀 신경 쓰지 않았습니다. 나는 비틀거리며 시내로 돌아왔습니다.

밀레나 예젠스카에게, 1920. 6. 14. M 62~66[41]

오늘 새벽 다시 당신의 꿈을 꾸었습니다. 우리는 나란히 앉아 있었고 당신은 나를 밀어냈지요. 하지만 기분 나쁜 식으로는 아니고, 다정한 태도였습니다. 나는 몹시 불행했습니다. 당신이 나를 밀어내서가 아니라, 나 자신 때문에, 내가 당신을 아무렇게나 만난 말 못하는 여자처럼 대한 것에 대해서, 그리고 당신의 입에서 나와 곧바로 나를 향했던 그 목소리를 듣지 못한 것에 대해서입니다. 아니면 혹시, 내가 목소리를 듣지 못한 것이 아니라, 그 목소리에 대답할 수 없는 상황이었을 수도 있습니다. 첫 번째 꿈에서보다 더 풀 죽은 상태로, 나는 계속해서 걸어갔습니다.

밀레나 예젠스카에게, 1920. 6. 15. M 67

어젯밤 나는 처음으로, 내 생각에 프라하에 돌아온 후 처음으로, 당신의 꿈을 꾸었습니다. 사악한 밤이 지난 후 막 아침이 밝아올 무렵, 짧고 무겁게, 아직도 잠에 취해 있는 상태에서 꾼 꿈이었지요. 그런데 기억나는 것은 많지 않습니다. 당신이 프라하에 있고, 우리는 함께 페르디난트

거리에서 빌리메크 맞은편쯤을, 부두 방향으로 걷고 있었습니다. 당신과 아는 사람들이 반대편 인도에서 걸어갔습니다. 우리는 그들을 향해 몸을 돌렸고, 당신은 그들에 관해 이야기했습니다. 아마도 크라자 이야기가 나왔던 것 같습니다(나는 그가 프라하에 없다는 것을 압니다. 그의 주소를 당신에게 물어볼 예정입니다). 당신은 평상시처럼 이야기했지만, 무언가 납득하기 힘든 것, 무언가 거절을 나타내 보이는 것이 그 안에 있었습니다. 나는 내 느낌을 드러내지는 않았지만 속으로 혼자 투덜거렸고, 그 투덜거림은 나 자신에 대한 불평이 되어 입 밖으로 나왔습니다. 그리고 우리는 커피 하우스에, 아마도 유니온 카페에 있었습니다(그곳은 우리가 가는 길에 있었고, 또 라이너가 마지막으로 저녁 시간을 보냈던 커피 하우스이기도 했으니까요). 한 남자와 한 소녀가 우리 테이블에 있었지만 그들에 대해서 생각나는 건 전혀 없습니다. 그리고 또 다른 한 남자를 보았는데, 그는 도스토옙스키를 많이 닮았지요. 하지만 아주 젊은 남자였고, 머리카락과 수염, 그리고 눈썹까지도 온통 새카맸고 눈두덩 위의 살이 심하게 불룩 솟아나 있었습니다. 그 자리에는 당신과 나도 있었지요. 이번에도 역시 거부하는 당신의 태도는 아무것도 누설하지는 않았지만, 그래도 거부의 의사 하나만큼은 분명했습니다. 당신의 얼굴은 — 거의 고통스러울 정도로 기괴한 모습에서 나는 시선을 돌릴 수가 없었습니다 — 하얗게 분칠이 되었고, 그래서 지나치게 선명했지만 엉성하고 흉해 보였습니다. 날씨가 아주 더웠으므로 당신의 뺨에 분이 녹아내려 얼룩덜룩한 것을 나는 눈앞에서 똑똑히 목격했습니다. 나는 당신에게 왜 분을 칠했느냐고 묻기 위해 자꾸만 몸을 앞으로 숙였습니다. 그런데 내가 질문을 할 기세를 눈치챌 때마다 당신은 내게 먼저 이렇게 물었지요 — 그것이 거부의 몸짓이라는 것은 그때는 눈치채지 못했습니다 — "뭘 하려는 거예요?" 나는 당신에게 질문하지 못했습니다. 감히 그럴 엄두가 나지 않았던 거죠. 그러다 보니 혹시 당신의 분칠은 나에게 일종의 시험이 아닐까 하는 느낌이 왔습니다. 내가 지금 당장 질문을 해야 한다는, 아주 결정적인 어떤 검증의 절차. 나도 그러고는 싶었지만 그럴 용기가 없었습니다. 이 슬픈 꿈은 그렇게 나를 괴롭히면서 엎치락뒤치락합니다. 그리고 도스토옙스키 남자 또한 나에게 고통을 주는 장본인이었지요. 그는 나에 대한 행동 면에서 당신과 대체로 비슷했지만, 약간의 차이점도 있었습니다. 내가 그에게 무언가를 물으면, 그는 매우 친절하게, 적극적으로 호응하면서, 내 쪽으로 몸을 굽히고 솔직하게 대응을 해주었습니다. 하지만 그러다가 내가 더 이상 질문할 거리나 할 말이 없어지면 — 그런 일은 매 순간 발생하곤 했지요 — 그는 단숨에 몸을 바로 하고는, 책 속에 푹 빠져서 주변에서 무슨 일이 일어나는지 전혀 관심을 갖지 않았고, 특히나 나에 대해서는 조금도 아는 척을 하지 않은 채 자신의 수염과 머리카락 속으로 파묻혀 사라져 버렸으니까요. 왜 내가 그것을 견딜 수 없다고 느꼈는지, 이유는 모릅니다. 나는 자꾸만—달리 선택의 여지가 없었으므로—그에게 새로운 질문을 던져 그가 내 쪽으로 몸을 기울이도록 만들어야만 했고, 내 잘못으로 인하여 자꾸만 그를 잃어버리고 말았습니다.

밀레나 예젠스카에게, 1920. 8. 1. M 170~172 [42]

어젯밤 나는 당신 때문에 살인을 저질렀습니다. 난폭한 꿈이었지요. 흉한, 아주 흉한 밤이었습니다. 정확하게 무슨 일이 일어난 건지는, 잘 모르겠습니다. (…) 한 친척이, 지금은 기억나지 않지만 분명 의미심장한 어떤 대화를 나누던 도중에, 이런저런 사람들이 뭔가를 이루어내지 못할 거라는 말을 했습니다. 그러다가 마지막에 비꼬는 말투로 이렇게 말했지요. "아마도 밀레나라면 그렇겠지." 그래서 나는 그를 살해했습니다. 그리고 화난 상태로 집으로 돌아왔는데 어머니가 나를 쫓아왔어요. 그리고 복도에서 또 다시 비슷한 대화가 벌어졌습니다. 나는 분노에 떨면서 고함을 질렀습니다. "누구든지 밀레나를 나쁘게 말한다면, 그게 설사 아버지라 할지라도(내 아버지 말입니다) 죽여 버리겠어요. 아니면 내가 자살을 해버리거나." 그리고 잠에서 깨어났습니다. 하지만 그것은 잠이 아니었으니, 그 깨어남 또한 진짜 깨어남이 아니었습니다.

밀레나 예젠스카에게, 1920. 8. 7. M 190f.

어젯밤 잠시 동안 절반쯤 잠이 들었는데, 그때 꿈속에서 떠오른 생각. 당신의 생일을 맞아 당신에게 중요한 장소를 하나 찾아 줘야겠다는 것. 그 생각 바로 다음에, 그 어떤 의지의 작용도 없이, 갑작스럽게 나는 서역 앞에 있었습니다. 역 건물은 아주 작았습니다. 그러니 내부에 공간이 거의 없을 것이 확실했지요. 급행열차가 막 도착했는데, 역사가 너무 좁은 나머지 열차 차량 하나가 건물 밖으로 튀어나와 있었으니까요. 역사 앞에 예쁘게 차려입은 소녀 세 명이(그중 하나는 머리를 땋았습니다) 서 있어서, 비록 비쩍 마른 소녀들이긴 했지만, 아주 흡족한 마음이 들었습니다. 그녀들은 짐 들어주는 여자들이었어요. 그리고 당신이 한 행동만큼 이상한 일은 없다는 생각도 떠오르더군요. 그래도 어쨌든 당신이 지금 없다는 사실이 기뻤습니다. 그런데 당신이 거기 없다는 것은 나에게 또한 아픔이기도 했습니다. 그 아픔에 대한 위로로, 나는 승객이 잊고 간 서류가방 하나를 발견했습니다. 내 주변을 둘러싼 다른 승객들이 놀라서 바라보는 가운데, 나는 그 조그만 가방 속에서 아주 커다란 옷가지들을 끄집어냈습니다.

밀레나 예젠스카에게, 1920. 8. 10. M 206[43]

어제 나는 당신 꿈을 꾸었습니다. 세세한 사항들은 거의 기억나지 않습니다. 단지 우리가 서로에게 점점 섞여들어갔다는 것뿐입니다. 나는 당신이고 당신은 나였습니다. 마지막에는 당신에게 불이 붙어버리는데, 내 기억에 의하면 사람들이 수건으로 덮어 불을 끄고 낡은 윗옷을 가져와 당신을 탁탁 쳤습니다. 하지만 또다시 변신이 일어나고 자꾸만 이런 과정이 반복되다 보니 나중에는 당신 자체는 거의 남지 않게 되었고 대신 내가 있었습니다. 불타는 것도 나였고, 윗옷으로 탁탁 치고 있는 사람도 나였습니다 하지만 아무리 쳐도 소용이 없었습니다. 이런 행동이 불을 끄는 데 전혀 도움이 되지 못한다는 나의 오래된 공포심만을 확인시켜줄 뿐이었습니다. 그사이에 소방대가 도착해 당신은 그나마 살아날 수가 있었습니다. 하지만 당신은 예전과는 달라졌습니다. 유령처럼 (…) 백묵으로 어둠 속에 하얗게 표시된 모습으로, 당신은 내 팔을 향해 풀썩 쓰러졌는데, 구출되었다는 기쁨으로 정신을 잃은 것인지도 모릅니다. 그러나 변신의 불확실함이 여기서도 작용하여, 어쩌면 누군가의 팔을 향해 풀썩 쓰러진 것은 당신이 아니라 나일지도 모릅니다.

밀레나 예젠스카에게, 1920. 9. M 274f.

셀 수도 없이 많은 꿈을 꾸었는데, 그중 가장 마지막 꿈은 다음과 같습니다. 내 왼쪽에 셔츠 차림의 한 아이가 앉아 있고(지금 기억을 되살려보면 그 아이가 내 아이인지는 확실하지 않았습니다. 하지만 그것이 크게 마음 쓰이지도 않았지요) 오른쪽에는 밀레나가 있었습니다. 둘 다 내게 몸을 딱 붙인 자세였습니다. 나는 그들에게 내 지갑 이야기를 들려주었습니다. 나는 지갑을 한 번 잃어버렸다가 되찾았는데, 아직 지갑을 열어보지 않았으므로 그 속에 들어 있던 돈이 그대로 있는지 어떤지는 모르는 상태였거든요. 하지만 설사 돈이 없어졌다고 해도, 이 둘만 내 곁에 있다면 상관없었습니다. 아침 무렵에는 행복감에 젖었는데, 지금 그 감정은 당연히 사라져 버렸습니다.

막스 브로트에게, 1921년 후반부. BKB 309

발작적인 짧은 잠 속에서의 짧은 꿈. 발작적으로 나를 붙잡고, 엄청난 행복감을 선사했다. 수많은 가지처럼 뻗어나가는 꿈의 내용. 1000개의 내용이 동시에 펼쳐지는데, 모든 것이 단번에 선명하게 이해된다. 꿈속에서 어떤 감정이었는지는 거의 생각나지 않는다. 남동생이 뭔가 범죄를 저질렀다. 아마도 살인인 듯했다. 나와 다른 사람들 몇몇도 범죄에 가담했다. 먼 곳에서 처벌, 취소, 구원이 다가온다. 그들은 점점 더 거대해진다. 그들이 멈추지 않고 다가오고 있음을, 많은 징후들로부터 알아차릴 수 있다. 내 생각에는 여동생이 매번 이 징후를 알리는 입장이고, 나는 그때마다 환희에 찬 탄성으로 화답한다. 그들이 가까이 다가올수록 내 황홀감은 점점 더 상승한다. 짧은 문장으로 이루어진 내 감탄의 탄성은, 너무도 두드러지는 성질의 것이기에 도저히 잊을 수 없을 거라고 믿었지만 지금은 단 한 문장도 기억나지 않는다. 어쩌면 그것은 그냥 감탄의 소리에 불과한 것이었을지도 모른다. 왜냐하면 말을 한다는 것이 몹시 힘들었기 때문이다. 하나의 어휘라도 입 밖으로 말하려면, 우선 두 뺨을 불룩하게 부풀린 상태에서 치통이라도 앓는 것처럼 입을 비틀어야만 했다. 처벌이 도래했기에 나는 행복했다. 자유롭게, 기쁘게 동의하면서, 나는 처벌을 반갑게 맞아들였다. 신들도 감동했음이 분명한 순간이었다. 온몸으로 신들의 감동을 느낄 수 있었던 나는, 눈에서 눈물이 쏟아질 것 같았다.

일기, 1921. 10. 20. KKAT 868f.

오후의 꿈에서 나는 뺨에 궤양이 생겼다. 익숙한 일상의 삶과 더욱 실제적으로 보이는 경악 사이에서 지속적으로 떨리는 경계.

일기, 1922. 3. 22. KKAT 913

(…)오늘 당신의 꿈을 꾸었습니다. 아주 여러 가지 꿈이었지만 지금 기억나는 것은 당신이 창밖으로 고개를 내밀었는데, 깜짝 놀랄 만큼 말랐고 얼굴이 완벽한 삼각형이었으며(…).

막스 브로트에게, 1922. 8. 13. 무렵. BKB 409

예술이 된 꿈

소시지를 보고 있다. 집에서 만든 딱딱한 소시지라고 적힌 상표 쪽지가 붙어 있다. 나는 소시지를 깊숙이 물고, 이빨 전체를 이용한다고 착각하면서, 마치 기계처럼 일정한 동작으로 무성의하게 서둘러 삼킨다. 이런 행위를 한다는 상상만으로도 즉시 절망에 빠지게 되므로, 나는 더욱 다급하게 서두른다. 기다란 갈빗살 껍질을 씹지도 않고 입속으로 쑤셔 넣었다가, 위장과 장을 찢어발기면서 다시 몸 뒤쪽으로 빼낸다. 지저분한 식품점들을 통째로 먹어치운다. 청어, 오이, 그 밖의 온갖 오래되어 역겨운 맛의 자극적인 음식들로 나를 가득 채운다. 상자에 잔뜩 든 사탕이 내 입으로 우박처럼 쏟아져 들어온다. 그렇게 먹어대면서 나는 스스로의 건강함뿐 아니라, 통증 없이 금방 지나가버리는 질병까지도 함께 즐긴다.

일기, 1911. 10. 30. KKAT 210

훈제 고기용 넓적한 칼이 머릿속에서 떠나지 않는다. 측면에서 나를 썰고 들어오는 칼은 기계적인 규칙성을 유지하면서 신속하게 움직여, 내 몸을 한 조각 한 조각 아주 얇은 포로 만들어나간다. 작업이 아주 빠르게 진행되는 바람에 잘려나간 포들은 거의 돌돌 말린 상태로 날아가버린다.

일기, 1913. 5. 4. KKAT 560

목에 걸린 밧줄에 매달려 어느 집 1층 창문을 통해 안으로 끌려들어간다. 무자비한 누군가의 손에 의해 사정없이 마구 잡아당겨지면서, 피를 철철 흘리고 사지는 너덜너덜해진 채, 모든 방의 천장을 뚫고, 가구, 담벼락, 다락방 할 것 없이 닥치는 대로 관통하며 잡아채어지듯 위로 당겨져 올라간다. 그리하여 마침내 지붕 위에 도달하자 밧줄 고리 속은 텅 비어 있다. 마지막으로 지붕 기와를 부수고 나올 때, 그때까지 매달려 있던 내 육신의 잔해가 고리에서 떨어져나간 것이다. (…)

내부에 자리 잡은 이 도르래 장치. 조그만 갈고리가 앞으로 이동하는데, 어딘가에 숨겨져 있기 때문에 처음에는 무슨 일이 일어나는지 잘 알아차릴 수가 없다. 하지만 이미 장치 전체가 작동하기 시작했다. 불가해한 힘 앞에 굴복하여, 마치 시계가 시간 앞에 굴복하듯이, 여기저기서 딸각거리는 소리가 들리고, 모든 쇠사슬이 절렁거리며, 미리 규정된 순서에 따라 하나하나 차례로 떨어져 내린다.

일기, 1913. 7. 21. KKAT 567, 568

소파에서 두 무릎을 앞으로 당겨 누워 있다가 몸을 일으켜 앉았다. 계단에서 바로 내 방으로 연결되는 문이 열리더니 얼굴을 숙인 한 젊은이가 탐색하는 시선으로 안으로 들어섰던 것이다. 그는, 좁은 방 안에서 할 수 있는 한 최대로 크게 소파 주변을 빙 돌아서, 창가 어두운 방구석으로 가서 섰다. 이것은 무슨 현상일까 궁금해진 나는 그에게로 가서 팔을 만져보았다. 그는 살아 있는 사람이었다. 미소 띤 얼굴로 그는 나를—젊은이는 나보다 키가 약간 더 작았다—올려다보았고, 근심이라곤 없이 태평하게 고개를 끄덕이면서 "얼마든지 검사해보세요"라고 말했다. 나를 확신시킬 필요가 있는 것 같았다. 하지만 그럼에도 불구하고 나는 그의 몸을 조끼 앞면에서부터 웃옷 뒷부분까지 샅샅이 움켜쥐었고 심지어 그를 흔들어 보기까지 했다. 그가 가진 튼튼하고 멋진 황금색 시곗줄이 내 눈에 들어왔다. 내가 그것을 움켜쥐고 잡아채자, 시계가 달려 있던 단춧구멍이 찢어져버렸다. 젊은이는 저항 없이 가만히 있었다. 찢어진 옷을 내려다보면서, 망가진 단춧구멍에 단추를 다시 끼워보려고 헛되이 시도할 뿐이었다. 왜 이러는 겁니까? 하고 마침내 젊은이가 자기 조끼를 가리키면서 물었다. "가만히 있어!" 나는 그를 윽박질렀다.

나는 방 안을 서성이기 시작했다. 처음에는 걷다가 점점 걸음을 빨리했고, 나중에는 뛰었다. 매번 젊은이 앞을 지나갈 때마다 그에게 주먹을 들어보였다. 하지만 그는 나를 전혀 바라보지 않고, 여전히 자기 조끼만 만지작거렸다. 참으로 자유로운 느낌이었다. 내 호흡은 이미 평상시 수준을 넘어서서 크게 팽창했다. 옷 속에 싸인 내 가슴은 거인처럼 부풀어 오르는 거대한 장애물을 느꼈다.

일기, 1913. 10. 26. KKAT 589f.

그는 그들의 무리를 떠났다. 안개가 그의 주위에 휘몰아

쳤다. 숲속의 둥근 개활지. 수풀 속에 앉은 불사조. 보이지 않는 얼굴 위로 계속해서 성호를 그어대는 손. 차갑고도 영원한 비. 호흡으로 들썩이는 가슴에서 나오는 듯, 자꾸만 변하는 노래.

일기, 1917. 7. 30. KKAT 813

"안 돼, 날 놓아줘, 안 돼, 날 놓아줘!" 골목길을 따라가면서 나는 계속해서 이렇게 외쳤고 그녀는 자꾸만 나를 붙잡았다. 맹수처럼 사나운 세이렌의 손이 자꾸만 옆구리를 치거나, 혹은 어깨를 넘어와 내 가슴을 후벼 팠다.

일기, 1917. 8. 10. KKAT 828

지워지지 않는 꿈. 그녀는 시골길을 가고 있었다. 나는 그 모습을 보지 못했다. 단지 그녀가 지나가면서 가볍게 흔들리는 여운을 느꼈을 뿐이다. 베일을 바람에 날리며, 그녀는 걸음을 옮겼다. 나는 들판 가장자리에 앉아 작은 시냇물 속을 들여다보았다. 그녀는 마을을 지나쳐 갔다. 문 앞에는 아이들이 서 있었다. 아이들은 그녀가 다가오는 것을 쳐다보았다. 그리고 지나가는 그녀의 뒷모습을 물끄러미 응시했다.

H 108

나는 내 방 발코니에 서 있었다. 발코니는 매우 높았다. 아래의 창문들 숫자를 세어보았더니 그곳은 7층이었다.

밑에는 잔디밭이 있었다. 그곳은 삼면이 막힌 작은 광장이었는데 아무래도 파리인 듯했다. 나는 방으로 들어갔고 문은 열어두었다. 아직 3~4월밖에 안 된 것 같았지만 날씨가 더웠다. 방 한구석에는 작고 매우 가벼운 책상이 있었다. 한 손으로 들어 올려 공중에서 빙빙 돌릴 수 있을 만큼 가벼워 보였다. 나는 책상에 앉았다. 잉크와 펜이 준비되어 있었고, 나는 엽서를 쓸 생각이었다. 혹시 그림엽서가 있을까, 나는 확신 없이 주머니를 뒤졌다. 그때 새가 우는 소리가 들렸다. 뒤돌아보니 발코니 벽에 새장이 매달려 있었다. 곧장 다시 발코니로 나와서 발끝을 들고 새장 안을 들여다보았다. 거기에는 카나리아 한 마리가 있었다. 나는 그런 새를 갖고 있어 매우 기뻤다. 초록빛 채소 이파리 하나를 창살 틈새로 깊숙이 밀어 넣어서 새가 쪼아 먹도록 했다. 그리고 다시 광장 쪽으로 시선을 돌렸다. 두 손을 비비면서 그 지역을 가볍게 둘러보았다. 광장 맞은편 고미다락에서 누군가 오페라글라스로 나를 관찰하는 것 같았다. 아마도 내가 새로 이사 온 세입자이기 때문일 것이다. 좀스러운 행위였다. 그러나 어쩌면 그 사람은 환자일 가능성도 있었다. 창밖을 내다보는 것이 이 세상 전부인 환자. 주머니에서 그림엽서를 발견했으므로 나는 엽서를 쓰기 위해 방으로 들어갔다. 그런데 그 그림엽서에는 파리의 풍경 사진이 없고, 단지 저녁기도라는 제목의 잔잔한 호수 그림이 하나 있을 뿐이었다. 그림 앞쪽에는 갈대가 몇 개, 호수 가운데에는 보트 한 척, 그리고 보트 안에는 젊은 어머니가 아기를 팔에 안고 있었다.

H 182f.

나는 몸을 일으켰다. 보트 한가운데 세운 칸막이 공간에서 둥근 아치 모양의 창밖으로 한 여인이 손을 뻗어 인사를 건네는 것을 보았다. 강해 보이는 여인의 얼굴은 레이스 달린 숄로 감싸여 있었다. "어머니?" 나는 미소를 지으며 물었다. "그렇게 생각하고 싶다면—" 하고 여인이 말했다. "그런데 어머니는 아버지보다 무척 젊으시네요." 내가 말하자 여인은 "그래" 하고 대답했다. "네 아버지는 내 할아버지라고 해도 되는 나이야, 그리고 너는 내 남편뻘이고." "그런데 어머니," 내가 말했다. "한밤중에 혼자 보트를 타고 있고, 거기다가 갑자기 여자와 마주치기까지 하니 정말 놀랍군요."

H 229

"위대한 수영 선수! 위대한 수영 선수!" 사람들이 외쳤다. 나는 안트베르펜에서 열린 올림픽에서 돌아오는 길이었다. 그곳에서 나는 수영 세계신기록을 세웠다. 고향 도시 기차역의 옥외 계단에 서서—그녀는 어디 있는 거지?—황혼 빛 속에서 희미한 덩어리로 뭉쳐 있는 군중을 바라보았다. 나는 한 소녀의 뺨을 가볍게 쓸었고, 소녀는 민첩한 동작으로 내게 휘장을 걸쳐주었다. 휘장에는 낯선 언어로 이렇게 적혀 있었다. 올림픽의 영웅에게. 자동차가

한 대 다가왔고, 몇몇 남자들이 나를 차 안으로 밀어 넣었다. 두 명의 남자가 차에 동승했는데 시장과 그 일행이었다. 곧 축제가 열리는 강당에 도착했고, 내가 강당 안으로 들어서자 2층의 합창석에서는 노래가 울려 퍼졌다. 수백 명의 손님들이 일어서며 한목소리로 박자를 맞추어 뭔가를 외쳤는데, 나는 정확히 알아들을 수가 없었다. 내 왼편에는 장관이 앉았는데, 소개말만 듣고는 왜 내가 깜짝 놀라서 그를 사정없이 빤히 쳐다보았는지 알 수 없었다. 하지만 곧이어 오른쪽에 시장의 부인이 앉아 있음을 알아차렸다. 몸집이 풍만한 여인이었다. 그녀의 모든 부분, 특히 젖가슴 높이를 중심으로는 온통 장미와 타조 깃털 장식이 가득했다. 내 맞은편에는 눈에 띄는 흰 얼굴의 살찐 남자가 앉았는데, 서로 소개를 나눌 때 그 남자의 이름을 잘 알아듣지 못했다. 그는 팔꿈치를 탁자 위에 올리고 — 그에게는 특별히 넉넉한 자리가 배당되어 있었다 — 물끄러미 앞을 응시하면서 침묵을 지켰다. 그의 좌우 양편에는 아름다운 금발 소녀들이 있었다. 끊임없이 뭔가를 이야기해야 하는 쾌활한 소녀들이었다. 나는 그 둘을 번갈아 바라보았다. 그곳의 조명은 눈부시게 환했지만 더 이상의 다른 얼굴들은 똑똑히 알아볼 수가 없었다. 아마도 다들 여기저기로 움직이고 있는데다가 시중드는 하인들까지 음식을 나르며 왔다 갔다 하고, 사방에서 잔을 치켜드느라 분주해서였을 것이다. 조명은 심지어 심하다 싶을 정도로 충분히 밝았다. 그 자리에 있는 모종의 혼란이라고 한다면 — 유일한 혼란이다 — 몇몇 손님들이, 특히 여자 손님들이 탁자에 등을 마주하고 앉아 있던 것이다. 그것도 의자 등받이는 돌리지 않은 채 자신의 등으로 식탁을 건드리면서 앉아 있었다. 나는 내 앞에 있는 두 소녀에게 그 사실을 가르쳐주었다. 하지만 그토록 수다스러운 소녀들이 웬일인지 그 문제에 대해서만은 입을 다문 채 말이 없었다. 그리고 조용히 미소를 지으며 긴 시선으로 나를 가만히 응시하기만 했다. 종소리가 울리고 — 하인들은 좌석 사이에서 순식간에 가만히 멈추었다 — 맞은편의 살찐 남자가 일어나 연설을 했다. 왜 그 남자만 그토록 슬퍼하고 있는지! 연설을 하면서 그는 손수건으로 얼굴을 훔쳤다. 그 정도라면 납득이 가는 일이었다. 그의 비만함, 강당의 열기, 연설의 수고스러움을 감안하면 땀을 흘리는 것은 이해할 만했으니까. 하지만 나는, 사실은 그가 눈물을 훔쳐내는 행위를 숨기기 위해 땀을 닦는 척하고 있다는 것을 알아차렸다. 그러면서 그는 내내 나를 주시했다. 하지만 나를 보는 것이 아니라, 마치 파헤친 내 무덤을 보는 듯한 시선이었다. 그가 연설을 마치고 나자, 이번에는 당연히 내가 일어서서 연설을 했다. 꼭 말을 해야만 했다. 이곳뿐 아니라 어딘가 아마 다른 장소에서도, 내가 아는 여러 가지 사항에 대해 공식적으로 어떤 해명을 할 필요가 있어 보였다. 그래서 나는 시작했다.

친애하는 손님 여러분! 인정한 바와 같이 나는 세계 신기록을 세웠습니다. 하지만 여러분이 나에게 그걸 어떻게 이룰 수 있었느냐고 묻는다면, 딱 부러지는 답변을 드릴 수가 없습니다. 왜냐하면 나는 원래 수영을 할 줄 모르기 때문입니다. 예전부터 배우고는 싶었지만 적당한 기회가 없었습니다. 그런데 어떻게 해서 조국의 부름을 받고 올림픽에 출전하게 되었을까요? 나도 바로 그 점이 궁금합니다. 그런데 우선 분명히 밝혀야 할 것은, 이곳은 내 조국이 아니라는 사실입니다. 아무리 노력을 해도 이곳에서 하는 말은 거의 알아들을 수 없습니다. 뭔가 착오가 있었으리란 추측이 가장 먼저 떠오르겠지만, 착오가 아닙니다. 나는 세계신기록을 세웠고, 고국으로 돌아왔으며, 내 이름도 당신들이 나를 부르는 그 이름 그대로입니다. 여기까지는 모든 것이 잘 들어맞습니다. 하지만 또한 바로 여기서부터 뭔가가 들어맞지 않기 시작하죠. 나는 고국으로 돌아온 것이 아니고, 나는 당신들을 모르며, 당신들의 말도 이해하지 못합니다. 그뿐 아니라, 정확한 것은 아니지만, 착오가 아님을 뒷받침하는 증거는 또 있습니다. 당신들의 말을 이해하지 못하는 것이 내게 그다지 문제가 되지 않는다는 사실입니다. 당신들도 보아하니 내 말을 이해하지 못하지만 그것을 그리 큰 문제로 여기는 것 같지는 않습니다. 나보다 앞서 연설한 신사분의 말에서 내가 알아들은 내용은 단지 그가 몹시 슬프다는 점 하나뿐입니다. 하지만 나는 그것만으로 충분하다는 생각이고, 심지어 너무 많은 것을 알아버렸다는 느낌마저 듭니다. 기차역에 도착한 이후 지금까지 내가 했던 다른 모든 대화에서도 마찬가지 느낌을 받았습니다. 하지만 다시 세계신기록 이야기로 돌아가기로 하지요.

H 231~233

"우리는 제대로 가고 있는 겁니까?" 내가 그리스계 유대인인 우리의 안내인에게 물었다. 그는 횃불 아래서 창백하고 부드러우며 슬픔에 잠긴 얼굴을 돌려 나를 보았다. 우리가 제대로 가고 있는지 아닌지는 그에게 아무런 상관없는 문제라고 말하는 듯한 얼굴이었다. 우리는 어쩌다가 저런 안내인을 갖게 되었을까, 우리를 데리고 카타콤을 거쳐 로마로 올바르게 인도해주는 것이 아니라, 우리가 가는 길을 따라서 말없이 함께 걷기만 하고 있지 않은가? 나는 멈추어 서서 일행들이 모두 모이기를 기다렸다. 그리고 빠진 사람은 아무도 없는지 물었다. 다 있다고 했다. 그 대답으로 만족해야만 했다. 일행 중 내가 개인적으로 아는 사람은 아무도 없었으므로. 혼잡하고 낯선 인파에 뒤섞여, 우리는 안내인의 뒤를 따라 카타콤으로 내려왔다. 그리고 그제야 나는 이들과 어떻게 안면을 좀 터보려고 시도했다.

H 252

계속해서 당신이 앞으로 달려간다면, 미지근한 공기 속을 첨벙거리며, 두 손은 지느러미처럼 양옆으로 내밀고, 반쯤 잠이 든 상태로 서둘러 가면서도, 당신 곁을 지나치는 모든 것을 다 보고 있노라면, 이제 마차 한 대가 당신 곁을 스쳐 지나갈 것이다. 하지만 당신이 멈추어 서면, 바라보는 시선의 힘만으로도 뿌리가 땅속으로 깊게 파고들어 널리 퍼져 나가게 한다면, 그 무엇도 당신을 제거할 수 없다. 퍼져 나가는 것은 뿌리가 아니라 단지 그것을 겨냥하고 노려보는 당신 시선의 힘인 것이다. 그리고 당신은 변함없이 암흑에 싸인 먼 곳을 바라보게 된다. 곧 도착하는 한 대의 마차 말고는 아무것도 나타나지 않을 먼 곳을. 마차는 다가온다. 마차는 점점 커지며, 이제 당신이 있는 곳에 다다르는 그 순간에는 이 세계 전체를 채울 만큼 커질 것이다. 당신은 마차 속으로, 대형 여객 마차의 좌석 쿠션 속으로 아이처럼 가라앉는다. 마차는 폭풍과 밤의 한가운데를 달려간다.

H 255

나는 낫을 갈았다. 그리고 베어내기 시작했다. 내 앞에서 뭔가 검은 덩어리가 가득 떨어져 내렸다. 나는 그 사이로 걸었다. 그게 무엇인지 나는 몰랐다. 마을에서 경고하는 목소리가 들려왔다. 하지만 나는 그것을 격려의 말이라고 생각하고 계속해서 걸어갔다. 작은 나무다리가 나타났다. 이제 내 일은 끝났고, 나는 거기서 기다리는 한 남자에게 낫을 건네주었다. 남자는 한 손은 낫을 향해 뻗고, 다른 손으로는 마치 아이에게 그러듯이 내 뺨을 쓰다듬었다. 다리 가운데 이르러 나는 이 길이 맞는 것인지 의심이

들었다. 어둠 속을 향해 큰 소리로 불러보았다. 아무런 대답도 들리지 않았다. 그래서 나는 남자에게 물어보기 위해 다리 앞으로 되돌아왔다. 하지만 남자는 거기 없었다.

H 277

"내가 어떻게 여기 온 거죠?" 나는 소리쳐 물었다. 적당하게 크고, 부드러운 전기 조명이 밝혀진 홀이었다. 나는 홀의 벽을 따라서 걸어 다녔다. 몇 개의 문이 있기는 했지만, 그것을 열면 문지방에서 한 뼘도 떨어지지 않은 바로 코앞에 매끄럽고 검은 암벽이 나타났다. 암벽은 수직으로 높이 솟았으며 양옆으로는 눈길이 닿지 않는 곳까지 까마득하게 길게 뻗어 있었다. 출구는 없었다. 단지 하나의 문만이 옆방으로 통할 뿐이었다. 거기서는 훨씬 더 희망적인 기대를 걸어볼 수는 있었으나, 그렇다고 하여 그 문을 열었을 때 다른 문을 열 때보다 덜 당황하게 되지도 않았다. 그 문을 통하면 붉은색과 황금색으로 치장된 영주의 방이 나오는데, 천장까지 닿는 높이의 거울들 여러 개와 커다란 유리 샹들리에가 있었다. 하지만 그것이 전부는 아니었다.

H 282

미지의 정원에 들어가도 좋다고 허락을 받았다. 들어서는 입구에서 몇 가지 어려움을 극복해야 했지만, 결국 문 앞에서 한 남자가 반쯤 몸을 세우고는 짙은 녹색 표를 옷핀으로 내 단춧구멍에 꽂아주었다. "무슨 훈장 같군요" 하고 나는 농담을 건넸다. 하지만 남자는 마치 진정시키려는 것처럼, 말없이 내 어깨를 짧게 두드리기만 했다 — 그런데 무엇으로부터 진정을 시켜야 했단 말인가? — 그와 나는 눈길을 한 번 교환함으로써, 내가 지금 정원 안으로 들어서도 좋다는 암묵의 동의를 나누었다. 그러나 안으로 몇 걸음 옮기던 중, 나는 입장료를 지불하지 않았다는 것이 생각났다. 그래서 되돌아가려고 했는데, 몸을 돌리자 그 자리에는 거친 천의 누르스름한 갈색 여행용 외투를 걸친 키 큰 여자가 서서 탁자 위에 놓인 조그만 동전들을 세고 있었다. "그건 당신 거요." 내 불안을 눈치챈 듯한 그 남자가 허리를 깊이 숙인 여자의 머리 너머로 나를 향해 외쳤다. "내 것이라고?" 나는 어리둥절해서 이렇게 되물으면서, 혹시 내 뒤의 누군가에게 한 말은 아닌가 하며 돌아보았다. "항상 이런 사소한 게 문제로군." 그때 잔디밭으로부터 나타나 내 앞쪽을 천천히 가로질러 다시 잔디밭으로 가던 한 신사가 이렇게 말했다. "당연히 당신 입장료지요. 당신 말고 누구 것이겠소? 여기서는 한 사람이 다른 사람의 입장료를 대신 내주는 방식이니까요." 묻지도 않은 내용이기는 했지만 그래도 나는 알려주어서 감사하다고 인사를 했다. 하지만 정작 나 자신은 아무의 입장료도 대신 내주지 않았다는 말도 덧붙였다. "누구 입장료를 대신 내주겠다는 말입니까?" 신사는 발걸음을 멈추지 않으면서 말했다. 어찌 됐든 나는 여자의 일이 끝나기를 기다렸다가 그녀에게 이런 사정을 말할 생각이었다. 그런데 여자는 다른 곳으로 가버리고 말았다. 여자의 외투가 펄럭이는 소리와 함께 멀어져갔다. 커다란 여자의 모습 뒤에서 모자에 달린 푸르스름한 베일이 부드럽게 흔들렸다. "이사벨라에게서 눈을 떼지 못하는군요." 산책을 하던 한 사람이 내 곁에 서서 마찬가지로 여자의 뒷모습을 눈으로 좇으면서 이렇게 말했다. 그리고 잠시 후 그는 다시 말했다. "저 여자가 이사벨라랍니다."

H 294f.

꿈

요제프 K는 꿈을 꾸었다.

아름다운 날이었다. K는 산책을 나섰다. 그러나 두 걸음을 채 내딛지도 않았는데, 그는 이미 묘지 안에 들어와 있었다. 묘지의 길들은 매우 인공적인 모양으로 걷기 불편할 정도로 구불구불 나 있었다. 하지만 그는 그런 길을 마치 물살에 실린 듯 매끄럽게, 공중에 살짝 부유한 채 흔들리지 않는 자세로 미끄러져 갔다. 그는 한참 떨어진 곳에 있는 갓 만들어진 어느 봉분을 멀리서 발견하고는 그곳에서 멈추어 설 생각을 했다. 그 무덤은 그를 강하게 유혹했으므로, 아무리 빨리 서둘러도 도저히 속도가 양에 차지 않았다. 간혹 무덤은 그의 시야에서 사라져버리곤 했다. 여러 개의 깃발들이 펄럭이면서 서로 힘차게 겹치는 바람에 무덤의 모습을 가렸던 것이다. 기수들은 보이지 않았다. 하지만 뭔가를 축하하는 행사가 한창 벌어지고 있는 듯했다.

시선을 여전히 먼 곳으로 향하고 달려가던 중에, 갑자기 그는 똑같은 무덤이 바로 옆 길가에 있는 것을 발견했다. 순식간에 그 무덤을 지나쳐 버렸으므로 그는 서둘러 풀밭으로 뛰어내렸다. 그가 뛰어내리는 와중에도 길은 계속해서 앞으로 돌진하고 있으므로, 그는 비틀거리다가 무덤 앞으로 무릎을 꿇은 채 쓰러져버렸다. 무덤 뒤에는 두 명의 남자가 양손으로 비석을 함께 치켜든 자세로 서 있었다. K가 나타나자마자 그들은 비석을 바닥에 쿵 내려놓았고, 비석은 담처럼 단단하게 땅에 박혔다. 그리고 수풀 사이에서 제3의 남자가 나타났는데, K는 화가인 그를 알아보았다. 화가는 단추를 엉성하게 잠근 셔츠에 바지 차림이었다. 머리에는 테 없는 벨벳 모자를 썼다. 한 손에는 평범한 연필을 들고 있는데, 가까이 다가오면서도 그는 허공에 연필로 인물을 스케치하고 있었다.

화가는 그 연필로 비석 위에 작업을 하려고 했다. 비석은 매우 높았으므로 화가는 쪼그리고 앉을 필요가 전혀 없었다. 하지만 허리를 살짝 굽히기는 했다. 무덤이 그와 비석 사이에 가로놓여 있는데 그는 무덤 위로 올라서지는 않으려 했다. 화가는 발끝으로 서서, 비석의 표면에 왼손을 받쳤다. 특별히 능숙한 솜씨 덕분에, 화가는 평범한 연필을 가지고 황금색 필체를 만들어낼 수 있었다. 그는 썼다. '여기 잠들다 —.' 모든 활자는 순수하고 아름다웠으며,

돌 속으로 깊이 파였고 완벽한 황금빛이었다. 두 단어를 쓴 후 그는 K 쪽을 돌아보았다. 하지만 비석에 적힐 글귀가 궁금해 미칠 것 같은 K는, 화가가 무엇을 망설이는지는 신경도 쓰지 않은 채 오직 비석만을 뚫어지게 쳐다보고 있었다. 화가는 다시 계속해서 비문을 적으려고 했지만, 이제는 그럴 수가 없었다. 모종의 장애가 생긴 것이다. 화가는 연필을 쥔 손을 아래로 떨구고, 다시 K를 돌아보았다. 이번에는 K도 그를 보았다. 그래서 그가 매우 심각하게 당황해하고 있으며, 하지만 그 이유에 대해서는 차마 입 밖에 꺼내어 말하지 못한다는 것을 알아차렸다. 조금 전까지 화가가 갖고 있던 모든 활기와 생명력은 사라져버렸다. 그 덕분에 K 역시 당황하게 되었다. 그들은 어쩔 줄 모르며 서로 바라만 보았다. 그 누구도 풀 수 없는 흉측한 오해가 그들 사이에 가로놓여 있었다. 그 좋지 않은 순간, 묘지 종탑에서 조그만 종이 댕댕 울리기 시작했다. 하지만 화가가 한 손을 치켜들고 흔들자, 종소리는 멈추었다. 잠시 후 종이 다시 울렸다. 이번에는 아주 작게 그 어떤 재촉의 기운도 없이 울렸다가 금세 중단되었다 마치 종이 스스로의 소리를 한번 시험해보려고 한 듯이 K는 화가의 상태에 대해 너무도 낙담한 나머지 울기 시작했다. 그는 두 손으로 얼굴을 가리고 오랫동안 훌쩍거렸다. 화가는 K가 진정할 때까지 기다리다가, 곧 자신이 달리 선택의 여지가 없음을 깨닫고는, 계속해서 비석에 글자를 새기기로 결심했다. 화가가 다음 철자 최초의 획을 조그맣게 긋기 시작할 때, 그것은 K에게는 구원의 빛과도 같았다. 하지만 화가는 K를 달래기 위해 할 수 없이 억지로 그 일을 행하는 것이 분명했다. 조금 전과는 달리 글자는 전혀 아름답지 않았고, 더구나 황금빛도 아니었다. 창백하고 멀건 획이 불안정하게 이리저리 지나갔다. 단지 철자의 크기만은 무척 컸다. 그것은 알파벳 J였다. 철자가 거의 완성되었을 때, 화가는 솟아나는 분노를 참지 못하고 무덤으로 성큼 뛰어올라가 발로 흙을 쿵쿵 밟아댔다. 봉분 흙이 주변으로 튀었다. 그제야 K는 화가의 의도를 이해할 수 있었다. 화가에게 용서를 빌기에는 시간이 부족했다. K는 열 손가락으로 흙을 마구 파헤쳤다. 흙은 거의 아무런 저항도 없었다. 무덤은 이미 이 일을 위해 준비를 마친 상태였고, 단지 눈속임으로 지표면에 딱딱한 흙을 살짝 덮어놓았을 뿐이었다. 표면의 흙을 걷어내자마자 경사진 벽으로 둘러싸인 커다란 구멍이 나타났던 것이다. K는 가볍게 빙그르르 몸을 돌리고, 등을 아래로 한 채 구멍 속으로 떨어졌다. 그렇게 아직 머리를 목덜미 위에 둔 K가 칠흑 같은 심연을 향해 한없이 아래로 빨려드는 동안, 위에서는 그의 이름이 강렬한 장식체로 비석 위에 새겨지고 있었다.

이 순간 황홀함에 떨며 그가 잠이 깨었다.

1914. E 145~147 [44]

그들은 함성을 질렀다. 아름다웠다. 우리는 일어섰다. 각

양각색의 사람들, 우리는 집 앞으로 나와 모였다. 거리는 이른 아침이면 늘 그렇듯 조용했다. 빵 가게 소년이 빵 바구니를 내려놓고 우리를 쳐다보았다. 입주자들이 모두 촘촘히 줄을 지어 차례로 계단을 내려왔다. 6층 건물에 사는 이들이 다 뒤섞여 있었다. 2층에 사는 상인이 겉옷을 입지 못하고 뒤에 질질 끌고 왔기에 나는 그가 옷을 걸치도록 거들어주기도 했다. 이 상인이 우리를 이끌었는데 그건 옳은 결정이었다. 그는 우리 중에서 세상의 체를 가장 많이 통과한 인물이었다. 그는 일단 우리를 한 무리로 모이게 한 다음, 그중에서 제일 시끄럽게 떠드는 이들을 조용히 하도록 시켰다. 그리고 계속해서 모자를 흔들어대는 은행원에게서 모자를 빼앗아 길 반대편으로 던져버렸다. 아이들은 모두 어른들이 각자 한 명씩 팔에 안았다.

일기, 1916. 7. 21. KKAT 799

죽을 준비가 된 사람들, 그들은 바닥에 누웠다. 그들은 가구에 등을 기댔다. 그들은 이빨을 떨었다. 그 자리에서 조금도 움직이지 않으면서, 그들은 손으로 벽을 더듬었다.

H 280

주해

1. 이 꿈의 묘사는 카프카의 일기에 있는, 무희 예프게니아 에두아르도바(Jewgenja Eduardowa, 1882~1960)에 관한 일련의 텍스트들의 도입부이다. 이 묘사에는 날짜가 없다. 하지만 일기의 바탕이 되는 실제 사건이 있다. 1909년 5월 24일과 25일, 페테르부르크의 러시아 황제 발레단이 프라하에서 공연을 했다. 카프카는 이 공연 중 하나를 보았음이 분명하다. 1913년 나중에 그의 약혼녀가 된 펠리체 바우어에게 이런 편지를 썼기 때문이다. "(…)내일은 러시아 발레 공연을 보러 갑니다. 나는 그 공연을 벌써 2년(!) 전에 한 번 보았고, 그 후로 몇 달 동안이나 그 꿈을 꾸었습니다. 특히 거침없이 야성적인 발레리나 에두아르도바 꿈을요."(F 254)

이 일기를 읽으면, 카프카가 꿈에서 목격한 것을 어떻게 문학적인 성취로 가공해내는지 엿볼 수 있다. 원래 이 꿈의 묘사는 다음과 같은 문장으로 끝을 맺는다. "아닙니다, 라는 대답을 하지 않은 채 나는 꿈을 끝맺었다." 카프카는 이 마지막 문장의 절반을—처음에는 사선으로 긋고 주석을 달아놓았다가—아예 지워버렸다. 그러고는 다음과 같은 문장으로 대체했다. "나는 아무 방향으로나 무작정 걷기 위해 몸을 돌렸다." 그리고 아마도 그다음에 "그 전에 나는 그녀가 (…) 물어보았다"로 시작하는 나중 부분도 썼을 것이다. 나중에 첨가된 부분은 실제로는 꿈이 아니라 순전히 상상의 산물이었을 가능성이 있다. 그렇다면 이 일기는 꿈에서 문학으로 넘어가는 전환의 형태를 보여주는 것이다. 사실이 무엇이든 간에, 그 이후 계속 이어지는 두 편의 텍스트는 문학적 허구인 것이 맞다. 처음에는 에두아르도바가 일행인 두 명의 바이올리니스트—"그녀는 그들에게 자주 연주를 해달라고 부탁한다"—와 함께 전차를 타고 간다. 두 번째 부분에서 카프카는, 그녀가 "무대에서처럼 그렇게 예뻐 보이지는 않는" "야외에서" 그녀와 만나는 장면을 상상한다.(KKAT 10f.) 이 두 텍스트는 모두 언어적으로 매우 철저하게 퇴고를 거쳤으므로, 원본 원고는 삭제 표시와 수정, 도치의 표기 등으로 가득하다. 그에 비해 꿈을 묘사한 부분에는, 서둘러 단숨에 기록하느라 불가피하게 발생한 몇몇 사소한 실수를 수정한 흔적이 있을 뿐이다.

2. 카프카는 1910년 10월 막스(Max Brod, 1884~1968)와 오토(Otto Brod, 1888~1944) 브로트 형제와 함께 파리로 여행했다. 도중에 고통스러운 피부병이 발생하는 바람에 그는 일행과 떨어져 먼저 프라하로 돌아와야만 했다. 그때 그는 세 장의 그림엽서에 연이어 한 통의 편지를 썼는데, 이 꿈은 그 엽서 중 하나에 적은 것이다. 엽서의 수신자 주소는 "오토 브로트 귀하/파리/라 브뤼예르 호텔"이라고 되어 있지만, 편지의 첫머리는 "친애하는 막스"로 시작한다. 카프카는 친구들에게 무엇보다도 자신의 건강 상태에 대해 알리려 했다. 그는 썼다. "그 밖에도 의사는 내 상태가 악화된 것에 대해 몹시 놀라워했습니다. 새로 생긴 다섯 개의 농양은 이제 그다지 중요하지 않았습니다. 농양보다 심각한 피부 발진이 생겼으니까요(…). 의사에게는 당연히 털어놓지 않았지만 내 추측으로는, 이 발진이 프라하, 뉘른베르크, 그리고 특히 파리의 도로포장 때문에 생긴, 즉 국제적인 영향으로 발생한 증상이라는 겁니다." 카프카는 1911년 두 번째로 파리를 여행할 때도 그곳의 교통 사정을 인상 깊게 보았고, 「짧은 자동차 이야기(Kleinen Automobilgeschichte)」라는 글에서 자동차와 "삼륜차" 간의 충돌 사고를 통해 묘사해놓았다. (이 글은 『여행 일기[Reisetagebücher]』에 수록되어 있다. KKAT 1012~1017)

3. 카프카의 꿈 묘사는, 일기와 편지에서 수없이 형태를 바꾸며 계

속 나타나는 고통의 호소로부터 시작한다. 그는 불면에 대해 쓴다. "5시 무렵, 최후의 잠 한 조각까지도 모두 소진되어 버리고 나면, 그때부터는 오직 꿈을 꿀 뿐이다. 그것은 깨어 있는 것보다 더욱 힘들다." 그는 그 원인이 무엇인지 알아내려고 시도하기도 한다. "내 생각에 이 불면의 원인은 단 하나, 내가 글을 쓰기 때문이다."

그를 고통에 시달리게 하는 꿈속에는 실제로 존재하는 몇몇 인물들이 등장한다. 라이트메리처의 숙모란, 라이트메리처에서 상점을 열고 살다가 단명한 삼촌의 미망인인 카롤리네 콘(Karoline Kohn)을 말한다. 로베르트 마르슈너(Robert Marschner, 1865~1934)는 카프카가 1908년 취업한 산재보험 공사의 사장이었다. 카프카는 자신의 상관인 그와 거의 우정에 가까운 관계를 이어나갔다.

이 꿈의 묘사 이후 나오는 문장은 다음과 같다. "오늘 나는 너무도 몸이 좋지 않아 심지어 상사에게(오이겐 폴[Eugen Pfohl], 그의 직속 상사) 그 아이 이야기를 해버릴 정도였다. 이제 기억이 나는데, 꿈속에서 그 안경은 어머니의 것이었다. 어머니는 저녁때 내 곁에서 카드 게임을 하면서, 안경알 아래서 눈을 치켜뜨고 그다지 유쾌하지 않은 시선으로 나를 건너다보았다. 어머니의 안경은 심지어, 내가 이미 알고는 있었겠지만 미처 기억해내지는 못했는데, 오른쪽 안경알이 왼쪽보다 눈동자에 더 가까웠다."(KKAT 52)

4. 이 꿈의 뿌리는 카프카가 1911년 8/9월 친구인 막스 브로트와 함께 북이탈리아와 파리를 여행했던 경험일 가능성이 있다. 이미 밀라노에서부터 이들은 매음굴을 구경했던 것 같다. 카프카는 그의 여행 일기에 이렇게 기록했다. "투명한 글자가 복도 깊숙한 곳 매음굴 입구에 걸려 있었다. 알 베로 에덴(Al vero Eden, 진정한 에덴)." (KKAT 968) 그리고 이어서 거기 있는 여자들을 아주 상세하게 묘

사한다. 아마도 그는 — 브로트에게는 애석한 일이겠지만 — 매음굴을 즐기기 전에 자리를 피해버렸던 듯하다. 사실이야 어쨌든, 밀라노에 대한 그 일기는 다음과 같은 모호한 문장으로 끝을 맺는다. "아침에 매음굴에서 있었던 일로 막스에게 사과하다."(KKAT 970) 그런데 카프카가 매음굴에서 달아나는 사건은, 며칠 후 파리에서 실제로 일어났다. 그는 썼다. "(…)선택받은 여인이 성큼성큼 앞으로 나오고, 마담은 나를 붙잡고 강요한다…… 나는 문으로 끌려들어가는 기분이 든다. 정신을 차리니 거리로 나와 있었다. 너무도 빨리 이루어진 일이라 상상조차 불가능했다."(KKAT 1006) 꿈속의 나를 지배하는 감정은 극도로 이중적이다. 반면에 막스는, 그 위협적인 분위기 속에서 "겁도 없이" 감자 수프를 먹고 있는 누군가로 묘사된다.

5. 이 꿈에서는 1911년 10월 9일의 꿈과 마찬가지로, 카프카가 1911년 휴가 중 받았던 인상이 개입되었을 가능성이 희미하게나마 있다. 8월 27일 브로트와 카프카는 여행 도중 취리히에 잠시 머물렀던 것이다. 하지만 그들의 기록에는 취리히의 구세군 집회를 방문했다는 그 어떤 암시도 찾아볼 수가 없다.

나중에 나오는 오토는 막스 브로트의 동생인 오토를 가리킨다. 앞서 언급한 1910년의 파리 여행 이외에도(주해 2번 참조), 카프카는 1909년 리바와 브레스치아를 그들과 함께 여행한 적이 있다.

6. 이 묘사에는 카프카가 청소년 시절부터 익히 알고 있는 프라하 구시가지 지명이 많이 등장한다. 구시가지 광장이란 구시가지 중심에 있는 큰 광장을 말한다. 카프카의 생가도 바로 인근에 있다. 구시가지 광장로 2번지의 집에서 그들 가족은 1889년부터 1896년까지 살았다. 그리고 1907년 6월부터는 니클라스 거리 36번지에서 살았다. 마찬가지로 광장에 면한 킨스키 궁에는 카프카가 다닌 김나지움

이 들어 있고, 나중에 카프카의 아버지는 자신의 상점을 그 건물에 입주시켰다. 구시청사도 입주해 있는 그곳은 여러 건물이 모인 복합체인데, 구시가지 광장과 소광장을 구분하는 지점에 서 있다. 시청 벽에 걸린 것이 그 유명한 천문시계이다. 광장에는 성니콜라스 성당과 틴 성당이 면해 있고, 1918년 철거된 마리아상도 서 있었다. 체코 종교개혁가 얀 후스(Jan Hus) 기념비는 1915년에 봉헌식을 가졌다. 그리고 아이젠 거리라는 길도 존재했으며, 시청 앞의 오래된 우물은 카프카가 책이나 그림에서 보고 알았던 것 같다. 단지 황궁이란 것만은 — 그는 분명 그런 명칭을 썼지만 — 실제로 해당하는 건물이 없다.

"극장" 그리고 연극 공연에 대해 카프카는 1911년 9월부터 큰 관심을 보이고 있다. 하지만 그것은 전통적인 의미의 연극 공연이 아니다. 카프카는 정기적으로 한 이디시* 극단의 공연을 보러 다녔다. 극단에는 마니아 치시크(Mania Tschisik)와 이차크 뢰비(Jizchak Löwy)가 소속되어 있었는데, 카프카는 얼마 안 가 곧 이들을 숭배하게 되었고, 이들과 우정 어린 친교를 맺었다. 카프카의 표현대로라면 이들 "유대인"은 프라하의 "카페 사보이" 즉석 무대에서 종종 공연을 펼쳤는데, 그런 무대에서는 카프카가 꿈에서 묘사한 무대 장식을 실현하는 것이 불가능하다. 그렇지만 아마도 그가 관람한 은어 연극**에 대한 기억이 꿈에 영향을 미쳤을 것이다. 10월 5일 카프카는 여배우 플로라 클루그(Flora Klug)가 남자 역할을 연기하는 것을

* 이디시어(Yiddish語)는 고지독일어에 히브리어, 슬라브어 등이 섞인 언어로, 유럽 내륙 지방과 그곳에서 미국으로 이주한 유대인들이 쓴다.

** 은어(Jargon) 연극이란 마니아 치시크와 이차크 뢰비가 소속된 이디시 극단의 연극을 비유한 표현인 듯하다. 카프카는 친구 뢰비를 위해 「이디시 연극의 서설」이라는 글을 쓴 적이 있는데, 이 글에서 이디시 연극에서 사용되는 은어(이디시어)에 대한 이해를 드러낸 바 있다. 당시 프라하의 유대인이나 서유럽 유대인들은 독일 문화를 받아들이고 이디시어를 외면하고 있는 상황이었다.

보았기 때문이다. "남자 흉내를 내는 클루그 양. 카프탄*에 검은색 짧은 바지를 입고 흰 양말을 신었으며(…)."(KKAT 57)

7. 아르투어 슈니츨러(Arthur Schnitzler)의 비극 「광활한 대지(Das weite Land)」는 1911/2년 신독일 극장의 시즌 프로그램에 들어 있었다. 1911년 10월 30일 슈니츨러는 자신의 작품이 공연되는 것을 관람했다. 그리고 11월 18일, 즉 카프카가 꿈을 기록하기 하루 전에도 공연이 있었다. 카프카가 이 두 공연 중 하나를 실제로 보았을 가능성을 배제할 수는 없다. 하지만 꿈에서 묘사된 장면과 당시에 실제로 무대에서 공연된 모습 사이에 눈에 띄는 유사성은 존재하지 않는다.

에밀 우티츠(Emil Utitz, 1883~1956)는 카프카와 학교를 함께 다닌 사이다. 우티츠는 1910년 로스토크 대학교에서 철학 강사 자리를 얻었으므로, 슈니츨러의 희곡을 각색할 생각은 꿈에서도 하지 않았을 것이다. 파울 키쉬(Paul Kisch, 1883~1944) 또한 그의 학교 친구이다. 키쉬는 극렬 신문기자인 에곤 에르빈(Egon Erwin)의 형인데, 에르빈은 독문학을 전공했기 때문만이 아니라 투철한 독일 민족주의 때문에 아예 "독일인"이라는 별명을 얻은 사람이다. 게르트루트 하켈베르크(Gertrud Hackelberg)라는 이름의 여배우가 당시 독일의 지방 극단에서 활동하고 있었다. 하지만 그녀는 「광활한 대지」에 출연하지 않았다. 실제로 카프카는 1911년 10월 16일 이차크 뢰비와 함께 체코 국립극장에서 연극 한 편을 관람했다. 이보 보이노비치(Ivo Vojnovíč)의 작품 「두브로브니크 삼부작(Dubrovnická trilogie)」이었다. "작품과 공연 모두 (…) 구제 불능이었기 때문에" 카프카는 그날 저녁 기분을 망쳐버리고 말았다. 그

* 터키 사람이나 동유럽의 유대인들이 입는 긴 (남자용) 윗옷.

리고 뢰비가 "설상가상으로" 카프카에게 자신의 임질을 고백했기 때문이기도 하다. "그리고 나는 그의 머리를 향해 몸을 숙였고, 내 머리카락이 그의 머리카락을 건드렸다. 그러자 나는 혹시 이가 옮을까봐 두려운 마음이 들었다(…)."(KKAT 93) 또한 덧붙여지는 내용은, 카프카가 슈니츨러를 작가로서 높이 치지 않는다는 것이다. "(…)나는 슈니츨러를 조금도 좋아하지 않고 그의 작품이 뛰어나다고 생각하지도 않습니다. 분명 그는 많은 것을 할 줄 아는 사람이겠지만, 그의 위대한 희곡이나 위대한 산문은 나에게는 역겨운 문장들로 가득 찬 채 왔다 갔다 흔들거리는 덩어리로 보일 뿐입니다. 그런 글이라면 아무리 깊은 쓰레기통에 처박아도 충분하지 않아요." (펠리체 바우어에게, 1913. 2. 14/15. F 299)

8. 여기서 카프카가 실제로 프랑스 화가 장 오귀스트 도미니크 앵그르(Jean Auguste Dominique Ingres, 1780~1867)의 그림을 본 것인지는 확실하지 않다. 아마도 그는 자신의 꿈을 묘사하면서 스스로도 의심을 가졌을 것이다. 그 그림은 앵그르의 그림이라"고 한다".

9. 분명 이 꿈은 1년이나 지난 일인 카프카의 베를린 체류(1910년 12월 3일부터 9일까지)와 연관이 있다. 명망 높은 폐질환 전문의이자 샤리테 병원 내과 과장인 에른스트 폰 라이덴(Ernst von Leyden)은 1910년 10월 5일 베를린 샬로텐부르크에서 사망했다. 카프카가 베를린에 머무는 동안 베를린 신문들은 고인을 추모하기 위해 열린 각종 행사들에 대해 상세하게 보도했다.

아버지인 헤르만 카프카(Hermann Kafka)에 대해, 카프카는 꿈에서뿐만 아니라 실제로도 매우 큰 열등감을 갖고 있었다. 예를 들어 『아버지에게 보내는 편지(Brief an den Vater)』에는, "아버지 당신의 육체 하나만으로도 나는 이미 충분히 납작하게 짓눌려 있습니다"(H 123)라는 구절이 나온다.

10. 이 짧은 묘사는 여행 일기인 『바이마르/융보른 1912』에 들어 있다. 카프카는 1912년 7월 10일 하르츠 지방의 융보른에 있는 한 요양소에 머물렀다. 융보른에 오기 전에는 막스 브로트와 함께 바이마르로 여행해 괴테하우스를 여러 번이나 방문했다. 하지만 그곳에서 그를 잠시나마 매혹시킨 것은 죽은 시인 귀족에 대한 기억보다는 관리인의 아름다운 딸이었다. "괴테하우스, 연출된 방들, 휙 둘러보는 서재와 침실. 죽은 할아버지를 기억나게 하는 슬픈 광경. (…) 층계참에서 아래층을 내려다보니, 그녀가 어린 여동생과 함께 우리 눈앞을 지나가고 있었다. (…) 우리는 유노의 방에서 다시 그녀를 보았다. 그리고 정원 방에 있을 때 밖을 바라보니 또다시 그녀가 있었다. 그녀의 발소리와 목소리만 들은 것은 그보다 더 자주였다고 생각한다."(KKAT 1025) 하지만 카프카는 전체적으로 괴테를 매우 높이 평가했고, 이 사실은 그의 일기와 편지에서 수없이 나타나고 있다. 카프카는 괴테의 작품을 전부 다 잘 알고 있었을 뿐 아니라, 괴테에 관한 책도 즐겨 읽었다.

1912년 2월 28일 카프카는 프라하에서 유명 배우 알렉산더 모이시(Alexander Moissi)의 낭송회에 갔다. 거기서는 괴테의 시도 몇 편 낭송되었다. 그에 대해 카프카는 비판적으로 기록해놓았다. "낭송자는 괴테의 시를 이해하지 못했다. 그렇기 때문에 여기서 낭송의 이런저런 실수를 지적하는 일은 전혀 의미가 없다. 모든 구절이 무조건 목적만을 지향해 나아가고 있기 때문이다."(KKAT 394)

11. 이 글도 역시 카프카의 융보른 요양소 체류에서 나왔다. 그곳에서는 대체 의학 요법을 시행했다. 남자 환자들은 "신사용 산림욕장"에서 나체로 돌아다니거나 체조 연습을 하며 그곳의 오두막에서 자

냈다. 카프카는 그러한 훈련 요법에 대해 이중적인 태도를 보였다. 그는 나체가 되는 것을 거부했으므로 "수영복 차림의 남자"로 불렸다.(KKAT1041) "풍욕 테라피"를 칭찬한 한 의사의 강연에 대해 그는 비꼬는 식으로 이질감을 표현했다. "7월 9일(1912년) (…) 어제 저녁에 의상에 대한 강연이 있었다. 중국 여자들은 발에 전족을 하는데, 그 이유는 대신 엉덩이가 커진다는 것이다. (…) 전직 장교인 의사의 부자연스러운, 정신 나간, 우는 듯한, 품위 없는 웃음. (…) (어제 있었던 그의 강연에서. '사람의 발가락이 전족으로 완전히 구부러졌다고 해도, 심호흡을 하면서 그 발가락을 자꾸 당기면 언젠가는 발가락이 똑바로 펴지게 됩니다.' 그러면 같은 훈련을 반복하다 보면 성기도 크게 자라겠네. 행동 규범이란 것은 또 어떤가. '밤에 하는 풍욕을 적극 추천합니다[언제든지 적당한 순간이라고 생각되면 나는 침대에서 바로 일어나 오두막 앞 풀밭으로 곧장 걸어 나갑니다]. 단 유의할 점은 달빛에 몸을 너무 노출시키지 말아야 한다는 거죠. 그건 해로우니까요.') 우리들의 실존적인 의상은 결코 뺄 수 없는 것입니다!"(KKAT 1040f.) 7월 11일 일기는 이렇다. "여기저기 시선을 돌릴 때마다, 대개는 멀리서도 알아볼 수 있는, 완전히 발가벗고 나무 사이를 어슬렁거리며 돌아다니는 나체족을 발견하게 되고 그러면 나는 곧장 가벼운 구역질을 느낀다. 설사 그들이 달리고 있다고 해도 역겨움은 조금도 덜하지 않다. (…) 심지어 나체로 건초 더미를 뛰어넘는 늙은 남자들도 내 마음에는 전혀 들지 않는다." (KKAT 1043)

하지만 반면에 카프카는 나체 풍욕족에 대해 호감을 가지기도 했다. 1912년 7월 22일 브로트에게 써 보낸 편지는 이러하다. "이 사람들을 나쁘게 생각하지 마십시오! 내가 이곳으로 온 것은 사람 때문이기도 하니까요. 그리고 최소한 그 점에 있어서는 잘못된 결정이 아니었음을 기쁘게 생각합니다. 프라하에서는 내가 어떻게 살았던가요! 항상 충족되고 나면 즉시 공포심으로 변해버리던 사람에 대한 욕구, 내가 가진 그 욕구는 이곳 전원생활에서 비로소 올바른 자리를 찾았습니다. 아무래도 내가 약간 변한 듯합니다."(BKB 108f.)

12. 여기에는 그해 10월에 쓴 소위 '아메리카 소설'(『실종자[Der Verschollene]』) 첫 번째 장과 몇몇 분명한 유사성이 있다. 그 소설에서는 주인공이 뉴욕 항에 도착하는 장면이 그려진다. 카프카는 이미 1912년 7월, 융보른의 요양소에서 소설의 최초 버전을 쓰고 있었다.(BKB 104, 108 비교) 7월 9일 그는 요양소에서 브로트에게 편지를 썼다. "이곳은 아주 마음에 듭니다. 독립성도 꽤 좋습니다. 그러니 이제 불쌍한 육신들에게 아메리카의 기운이 충만하게 깃들게 되겠군요."(BKB 101)

미국의 삶에 대한 그의 관심은 이전에 이미 입증되었다. 그 중 한 예로 카프카는 1912년 6월 2일 체코의 사회민주주의자 프란티셰크 수쿠프(František Soukup)의 강연을 들으러 갔다. 그 강연에서는 미국의 투표 제도가 소개되기도 했다.(KKAT 424) 또한 아르투어 홀리체르(Arthur Holitscher)의 책 『아메리카의 오늘과 내일(Amerika heute und morgen)』(S. 피셔 출판사, 1912)을 읽었다는 사실도 입증된다.

꿈의 묘사 마지막 부분에는 1910년과 1911년의 파리 여행에 대한 회상이 나온다.(35~39쪽, 주해 4번 참조)

13. 카프카는 펠리체 바우어(1887~1960)를 1912년 8월 13일 프라하의 막스 브로트 부모님 집에서 알게 되었다. 당시 펠리체는 베를린에서 살았고, 구술 녹음기를 생산하는 한 회사 사무실에서 일했다. 그해 9월 20일부터 카프카는 그녀와 편지를 교환하기 시작했고 이는 오래지 않아 점점 강도를 더해갔다(1912~7년 그가 보낸 편지

는 약 700여 통이다). 하루에 두 통의 편지를 쓴 적도 많고 심지어는 세 통을 쓴 날도 있었으며 그녀의 답장을 참으로 간절히, 어떨 때는 그만큼의 공포심을 갖고 기다렸다. 그의 견해에 의하면 도무지 신뢰할 수 없는 프라하와 베를린 사이의 우편 사정 때문에 그는 지속적인 불안에 시달려야만 했다. 하지만 배달부가 그의 손에 한꺼번에 두 통의 등기우편을 건네주는 행복한 몽상은, 현실 앞에서 늘 좌절되고 말았다. 카프카는 꿈을 묘사한 다음에 이어서, "편지가 오기 전에는 절대 침대에서 나오지 않겠다"고 결심했다고 썼다. "하지만 오늘 낮에 나는 평소와는 아주 다른 방식으로 우편배달부를 집으로 불러들일 필요가 있었습니다. 이 동네 우편배달부들은 시간을 전혀 지키지 않아요. 12시 15분이 되어서야 편지가 배달되었습니다. 그동안 나는 침대에 누운 채 가족들을 10여 번이나 층계로 내보내 살펴보게 했습니다. 마치 그렇게 하면 정말로 배달부를 유인할 수 있는 것처럼. 하지만 나 스스로는 절대 침대에서 나와서는 안 되는 거였죠. 그러나 마침내 12시 15분에 편지가 도착하자, 나는 그 자리에서 미친 듯이 봉투를 뜯고 숨도 쉬지 않고서 읽어내려 갔습니다."(F 101) 카프카는 1912년 11월 8일 자 편지에서 펠리체가 나왔던 그의 "첫 번째" 꿈에 대해 암시했다. 그 내용은 다음과 같다. "(나는) 당신이 나오는 꿈을 하나 꾸었는데, 지금 남아 있는 것은 오직 희미한 기억뿐입니다. 뭔가 불행한 일이 발생한 꿈이었다는 것만은 확실합니다."(F 81f.)

14. 1912년 11월 17일의 꿈처럼 이 꿈도, 넓은 의미에서는 펠리체와의 의사소통이 어려움을 말해주는 내용이다. 편지의 마지막 구절은 다음과 같다. "나는 잠이 깨었습니다. 숨 막히게 더웠고, 당신이 내게서 그토록 멀리 있다는 사실에 절망했습니다."(F 167)

카프카가 그녀와 연락하도록 도움을 준 막내 여동생 오틀라 카프카(Ottla Kafka, 오틸리에[Ottilie], 1892~1944)는, 일상생활에서도 오빠를 위해 이런저런 일을 자주 처리해주었고, 특히 1917년 이후—그가 결핵 판정을 받은 이후—많은 면에서 그에게 힘이 되어주었다. 1912년 11월 11일 펠리체에게 보낸 편지에서 카프카는 오틀라를 자신의 "프라하 최고의 여자 친구"라고 불렀다.(F 87)

카프카는 실제로 전화 통화에 두려움을 가졌다. 이미 1912년 11월 14일에 그는 자신의 편지에 썼다. "전화를 하면서 그렇게 웃을 수 있다니, 당신은 전화라는 장치를 아주 잘 이해하는 것이 분명하네요. 하지만 나는 전화기 생각만 해도 웃음이 몽땅 사라지고 맙니다."(F 91f.)

15. 카프카와 브로트는 그해 6월 바이마르에서 작가 파울 에른스트(Paul Ernst, 1866~1933)를 방문했다. 카프카는 여행 일기에 썼다. "파울 에른스트. 입술 위까지 내려온 콧수염에 뾰족한 턱수염. 소파에 몸을 딱 붙인 채, 혹은 무릎을 딱 붙인 자세로, 설사 흥분한 상태에서조차 (비평가들 때문에) 결코 몸을 풀지 않는. 가족들로 그득해 보이는 그의 빌라는 암호른에 있다. 비린내가 진동하는 생선 사발을 계단 위로 들어 올려, 우리 눈앞에서 다시 부엌으로 가지고 가버림." (KKAT 1034f.)

펠릭스란 인물은 아마도 카프카의 친구인 철학자 펠릭스 벨치(Felix Weltsch, 1884~1964)를 의미하는 듯하다.(주해 33번 참조)

16. 카프카가 말하기 싫어하는 "오래전 꿈"이란, 추측건대 1912년 11월 8일 편지에서 언급한 꿈일 것이다.(주해 13번 참조)

실제로 카프카는 이듬해 펠리체와의 약혼을 발표한다. 베를린에서 벌어진 약혼 파티를 묘사한 그의 글은 이후 유명해졌다. "1914년 6월 6일 베를린에서 돌아오다. 이제 범죄자처럼 꽁꽁 결박

당했다. 진짜 쇠사슬로 나를 묶어서 구석방에 처박고 경찰을 내 앞으로 불러와서는 범죄자를 보듯이 나를 바라보게 했다면, 그랬다면 차라리 화가 나지는 않았으리라. 그것이 내 약혼식이었다. 모두들 나를 생활의 한가운데로 데려오려고 안간힘을 썼다. 있는 그대로의 나를 참아줄 수가 없었던 것이다."(KKAT 528f.)

17. 베를린에서 펠리체와의 첫 번째 만남은 1913년 3월 23/24일 이루어졌다. 이 꿈에서는, 그 만남에 대한 카프카의 상상과, 1912년 8월 그들이 프라하에서 최초로 만난 때의 기억이 혼재해 있다.

며칠 후 카프카는 신문에서 기묘한 자세로 서로 팔짱을 낀 한 부부의 사진을 보게 되었다. 빅토리아 루이제(Viktoria Luise) 공주와 그녀의 남편이었다. 그는 이에 대해 펠리체에게 써 보냈다. "두 사람은 카를스루에 공원을 함께 산책합니다. 서로 팔짱을 낀 채로. 하지만 그것만으로는 만족하지 못하고, 서로 손가락까지 깍지 끼고 있습니다. 내가 그들의 깍지 낀 손가락을 5분 동안 쳐다보지 않았다면, 아마도 그 쳐다봄은 10분으로 늘어나 있었을 겁니다."(F 300)

18. 이것은 꿈이라기보다는, 그날 밤 카프카가 처해 있던, 육체적 그리고 정신적으로 극도로 쇠약한 상태에서 비롯되는 자살 환상에 가깝다. 베를린에서 펠리체를 만나고 프라하로 돌아오자마자, 산재보험 공사의 일 때문에 아우시히로 떠나야 했던 것이다. 출장을 가기 전날 저녁, 그는 펠리체에게 편지를 썼다. "(…)나는 금방이라도 쓰러질 것 같습니다. 피곤과 불안 때문에 거의 의식을 잃을 지경이지요. 그런데 내일 아우시히에서 협상할 산더미 같은 자료를 검토해야 합니다. 나는 잠을 자야 합니다, 무조건 잠을 자야 합니다. 내일 아침 늦어도 4시 반에는 일어나야 하니까요."(F 346) 이틀 뒤, 프라하로 돌아온 그는 다시금 그날 밤의 기억을 되새긴다. "수요일에서

목요일로 넘어가던 밤, 그러니까 아우시히로 떠나기 전날 밤, 서류를 검토해야 했던 나는 11시 반이 되어서야 잠자리에 들 수 있었습니다. 하지만 죽도록 피곤했음에도 불구하고 나는 잠이 들 수가 없었지요. 1시를 치는 소리까지 들었습니다. 새벽 4시 반에는 일어나야 했는데 말이죠."(F 347) 그리고 다음에 여기 나온 환상의 장면들이 이어진다. 카프카는 자살의 환상을 자주 겪었다. 대개는 간단하게 창문으로 몸을 날려 즉시 목숨을 끊는다는 상상이었다. 한 예로 1912년 3월 8일 자 일기 내용은 다음과 같다. "한 시간 동안 (…) 소파에 누워 창밖으로-몸을-날리는-것에 대해 곰곰이 생각하고 있었다."(KKAT 397) 1912년 10월 그의 부모님이 그에게, 매일 글쓰기에만 매달려 있지 말고, 가족 소유인 공장 일에도 신경을 좀 쓰라고 다그쳤을 때, 그는 브로트에게 이런 편지를 썼다. "(…)분명한 것은, 지금 현 상황에서 나에게 단 두 가지 선택권밖에는 없다는 것입니다. 창밖으로 몸을 던져 영원한 잠 속으로 빠져버리는 것과, 앞으로 14일 후부터 매일 공장과 매제의 사무실로 출근하는 것." 그리고 이어서, 펠리체에게 보낸 편지에 쓴 것과 아주 흡사한 글이 나온다. "나는 유리창에 몸을 붙이고 오래도록 창가에 서 있었습니다. 여기서 그대로 추락해 다리에서 근무하는 세관원을 소스라치게 만드는 것, 그렇게 하고 싶은 순간이 얼마나 많았는지요."(BKB 116f.)

19. 이것은 아마도 베를린 여행에 대한 회상일 가능성이 있다.(주해 17번 참조) 하지만 카프카는 막스 브로트나 그의 아내 엘자(Elsa)와 동행하지 않고 혼자서 베를린으로 갔다.

20. 카프카의 일기에서 두통에 대한 호소는 글을 이끄는 주요 모티브에 가깝다. 바로 같은 날, 그는 이런 메모를 남겼다. "이 끔찍한 두통, 이 불면! 싸움을 작정하고, 싸움보다 더한 것을 바라며 덤벼들고

있다. 나는 선택의 여지가 없다."(KKAT 582) 이런 모티브는 마찬가지로 자전적 요소가 파편으로 들어간 문학 텍스트에서도 나타난다. 예를 들어 요제프 K는 자신의 재판이 길어질수록, 점점 더 자주 두통에 시달리게 된다. 단편 「불행(Unglücklichsein)」에서도 카프카는 주인공의 입을 빌려 말한다. "(…)왼쪽 이마 귀퉁이에서, 마치 엽총에 맞은 듯한, 하지만 통증은 없는 팽팽한 긴장이 느껴졌다(…)." (KKAT 108)

21. 카프카는 이 꿈의 묘사를 한 번 더 옮겨 써서 1913년 11월 18일 그레테 블로흐(Grete Bloch, 1892~1944?)에게 보냈다. 바로 얼마 전에 카프카는 펠리체의 친구인 그레테를 알게 되었다. 펠리체와 카프카 사이에서 연락을 이어주기 위해 그녀가 프라하로 왔던 것이다. 카프카가 그녀에게 이 꿈을 말했다는 것은, 둘 사이에 비교적 빠른 속도로 친밀감이 싹텄음을 증명하는 일이기도 하다.

하지만 일기의 마지막 문장은 옮겨 쓴 편지에는 빠져 있다. 대신 자조적인 어조의 문장이 도입과 종결로 들어간다. "그래도 난, 잠자리에 들기 전에 어젯밤 꾸었던 꿈을 편지로 써야겠다는 생각이 듭니다. 그래야 내가 밤이 되면 최소한 깨어 있을 때보다는 좀 더 활동적이 된다는 사실을 당신에게 보여줄 수 있으니까요." (…) "그래서 나는 밤이면 세발자전거에 올라탄 남자들을 도울 수가 있는 거랍니다."(F 477f.)

22. 카프카는 펠리체의 막내 여동생 에르나 바우어(Erna Bauer)를, 이 편지를 쓴 다음에야 실제로 만난 것이 확실하다. 1914년 7월의 첫 번째 파혼 후 카프카는 그녀와 간헐적으로 편지를 교환하기 시작했다.

23. 카프카는 1914년 2월 28일 다시 베를린 여행길에 올랐다.

24. 카프카의 1914년 5월 27일 일기는 다음과 같은 단편으로 시작한다. "흰말이 최초로 나타난 것은 어느 가을날 오후, A 도시의 커다란, 그러나 통행은 거의 없는 거리에서였다."(KKAT 518) 이 텍스트는 몇 페이지 후 중단되어 버린다. 그리고 작가 자신의 자기비판적 코멘트가 뒤를 잇는다. "의미는 있지만, 무미건조하다. 피가 너무 약하게 흐른다. 심장에서 너무 멀다. 아직 머릿속에는 멋진 장면들이 떠오르는 중이지만, 그래도 그만두기로 한다." 그리고 이어서 영감을 받은 순간에 관한 이야기를 하고 다음에 — 최후의 구절과 관련해("[…]모습을 감추어 버렸다는 인상을 받는다") 문학화 시도에 대한 코멘트를 계속한다. "아쉽게도 마지막 부분과 위쪽의 도입부가 서로를 반증하는 기운이 부족하다."(KKAT 520)

일기에는 흰말이 나오는 단편을 이리저리 시도해본 흔적이 가득하다. 예를 들어 1914년 3월 27일 자 일기는 다음과 같다. "밤 3시경이었다. 하지만 여름이었으므로 이미 날은 어렴풋하게 밝았다. 폰 그루젠호프 씨의 마구간에서는 그의 말 다섯 마리, 파모스, 그라자페, 투르네멘토, 로지나 그리고 브라반트가 일어났다. 밤공기가 후텁지근했으므로 마구간 문을 살짝만 닫아둔 상태로 마구간지기들은 건초 더미 위에 누워 잠들어 있었다. 그들의 벌린 입 주변으로 파리들이 그 어떤 장애물도 없이 자유롭게 날아다녔다."(KKAT 512) 이야기들은 대부분 해방의 환상이라는 성격을 갖고 있다. 1914년 5월 27일 일기의 한 부분이다. "(흰말은) 어느 건물의 낭하에서 걸어 나왔다. 그 건물 마당에는 운송 회사가 창고 공간을 사방에 확장해놓은 탓에, 마차뿐만 아니라 여기저기서 짐 싣는 말들이 한 마리씩 낭하로부터 끌려 나오는 구조였으므로 흰말이 걸어 나오는 모습은 사람들의 시선을 특별하게 끌지 않았다. 하지만 흰말은 운송 회사의 마구간 소유가 아니었다. 문 앞에서 짐 꾸러미의 끈을 단단히 잡아당기고 있던 한 일꾼이 흰말을 발견하고는, 고개를 들고 마당으로 시선을 주면서 마부가 뒤따라 나오는지 살폈다. 아무도 따라 나오지 않았다. 그러나 말은, 인도에 도달하자마자 뒷다리로 힘차게 일어섰다. 포도 위에 몇 개의 불꽃이 튀었다. 한순간 거의 넘어질 듯 보이던 말은, 금세 중심을 잡고는, 빠르지도 느리지도 않은 걸음으로, 거의 텅 비어 있는 여명의 거리를 향해 다가닥다가닥 멀어져갔다." (KKAT 518) 이후 이 이야기는 한 "경찰"이 고삐를 잡고 말을 붙잡아 세우는 데서 중단된다.(KKAT 519)

25. 카프카는 분명, 프로이센의 프리드리히 빌헬름1세에 의해 시작되었고 주로 그의 궁전인 벨뷔(Bellevue, '아름다운 전망'이라는 뜻)에서 정기적으로 저녁 모임을 가졌던 자유로운 동호인 그룹을 생각했을 것이다. 카프카는 당시 타박스콜레기움 모임의 풍경을 그린 그림들을 보았을 가능성이 크다.

여기서 특히 묘한 것은 마틸데 세라오(Matilde Serao, 1856~1927)의 등장이다. 이 이탈리아 여성 작가는 주로 나폴리 서민들의 삶을 다룬 노벨레*와 소설을 썼다. 그녀의 이름은 카프카의 다른 글에서는 전혀 등장하지 않는다. 그가 한 번이라도 그녀의 소설을 읽었는지 여부는 증명되지 않는다. 하지만 그녀와 황제 빌헬름2세 사이에는 모종의 — 문학적인 — 관계가 있긴 하다. 소설 『용서의 밤(Nacht der Verzeihung)』(1908)에서 그녀는 독일 황제를 환영하기 위해 로마에서 열린 한 파티를 묘사한다.

26. 마르슈너 사장에 대해서는 주해 3번 참조.

* 14~16세기 이탈리아에서 유행한 단편소설 양식. 보카치오의 『데카메론』이 대표적이다.

27. 막스 브로트는 1915년 프라하에서 갈리시아 난민 아이들을 위한 교실을 열었다. 그의 수업을 받던 이들 중에는 렘베르크 출신 자매들인 파니(Fanny), 에스테르(Esther), 그리고 틸카 라이스(Tilka Reiß)가 있었다. 카프카는 손님 자격으로 몇 번 이 수업에 참여했으며, 그때 이들 자매와 알게 된 것이 분명하다. 파니 라이스와 만나 함께 산책을 다닌 일에 대해 그는 일기에 여러 번 언급했다. 여기 나온 꿈의 묘사 앞에는 다음과 같은 내용이 있다. "최근에 많은 것을 보았고, 두통은 덜했으며, 라이스 양과 함께 산책을 다녔다. (…) 시립 도서관의 열람실에서. 그녀의 부모님 집에서 깃발을 구경했다. 두 명의 감탄스러운 자매 에스테르와 틸카는 광휘와 소멸처럼 한 쌍의 대조를 이룬다. 특히 틸카는 무척 아름답다. 둥그스름한 모양으로 굴곡진, 내리깐 모양의, 올리브색이 도는 갈색 눈꺼풀, 깊숙한 아시아의 인상. 두 소녀는 숄로 어깨를 덮는다. 그들은 키가 중간 정도이며, 차라리 좀 작은 편에 가깝지만 자세가 곧아서 여신들처럼 높아 보인다. 한 명은 소파의 둥근 쿠션 위에 앉고, 틸카는 뭔지 잘 알 수 없지만 하여간 앉을 만한 장소를 찾아서 방 한구석에 자리 잡는다. 아마도 상자 위일 것이다."(KKAT 769)

이 두 명의 사랑스러운 소녀가 누구인지, 그리고 일기에 이름이 등장한 다른 사람들과 이들이 어떤 관계에 있는지는 알 수 없다.

28. 카프카는 제1차 세계대전이 발발한 이후로, 프라하 거리를 행진하는 — 예를 들어 그라벤 거리를 지나가는 등 — 부대를 관찰할 기회가 늘 있었다. 1914년 8월 6일 그는 썼다. "그라벤 거리를 지나가는 포병대. 꽃다발. 만세 그리고 환호의 외침."(KKAT 545) 그런 광경을 목격하는 그는 자신 안에서 오직 "소심함, 우유부단함, 전투에 나가는 이들에 대한 질투와 증오만을 느꼈다."(KKAT 546) 거기에는 아마도 카프카 자신이 전투병으로서 '복무 보류' 판정을 받았

다는 사실이 한몫했을 것이다. 특히 그가 싫어한 것은 시민들이 함성을 지르며 과시해 보이는 애국심이었다. 카프카는 자신의 아버지도 그런 시민 중 한 사람으로 간주했다. 시내를 행진하는 퍼레이드가 있을 때마다 아버지가 벌이는 행동에 대해 카프카는 다음과 같이 묘사했다. "시장님이 연설한다. 그러곤 사라진다. 그러면 앞으로 나서서, 독일어로 외쳐댄다. '우리의 사랑하는 국왕 만세!' 그 곁에서 나는 기분 나쁜 눈초리로 서 있다. 이런 퍼레이드는 전쟁이 동반하는 최악의 현상이다. 한편으로는 독일인이고 다른 한편으로는 체코인인 유대계 상인들의 입장에서는, 그와 같은 내용을 고백할 수는 있었지만, 지금껏 단 한 번도 이처럼 마음 놓고 목청껏 고래고래 소리를 질러도 되는 때는 없었던 것이다."(KKAT 546f.)

펠릭스(Felix)는 카프카의 누이 엘리(Elli)와 카를 헤르만(Karl Hermann) 사이에서 1911년 태어난 아들이다.

29. 엠마누엘 한찰(Emmanuel Hanzal) 박사는 산재보험 공사에서 카프카의 직장 동료였다.

30. 카프카는 1915년 1월 다시 펠리체와 가까워졌지만, 이들의 관계는 이 시기에 또 한 번 심각한 위기를 겪는다. 카프카는 1916년 9/10월 그녀로부터 "소식을 받지 못하는 것"에 대한 아픔을 자주 털어놓는다. 그는 여전히 그녀에게 규칙적인 편지를 써 보내지만 그녀는 그의 편지에 답장을 아예 안 해주거나, 하더라도 시간이 한참 지난 다음인 경우가 많았다.

31. 프란츠 베르펠(Franz Werfel, 1890~1945)에 대해 카프카는 매우 양면적인 감정을 갖고 있었다. 감탄과 거부감, 심지어 증오까지 섞인 감정이었다. "나는 W를 증오하는데, 그건 질투 때문은 아니다.

하지만 내가 그를 질투하고 있다는 것은 사실이다. 그는 건강하고, 젊고, 부유하다. 그런데 나는 모든 면에서 정반대다."(KKAT 299)

당시 베르펠은 빈에서 머물고 있었다. 그곳에 있는 종군기자단에 배속되었기 때문이다. 카프카는 그해 7월 막스 브로트의 집에서 열린 한 모임에서 그를 마지막으로 만났다.

32. 베르타 판타(Bertha Fanta, 1865~1918)는 프라하의 한 약사의 아내였다. 그녀는 프라하에서 일종의 문학 모임을 창설했다. 그녀의 집에서는 낭독회와 강연회, 토론회 등이 열렸고 특히 철학자 프란츠 폰 브렌타노(Franz von Brentano)의 추종자들이 모여들었는데, 그 중에는 카프카의 친구인 펠릭스 벨치와 막스 브로트도—잠시 동안이긴 하지만—속했다. 하지만 카프카는 이 모임에 간혹 참석했을 뿐이다. 1914년 2월 6일 막스 브로트에게 쓴 편지에는 이런 구절이 있다. "오전부터 판타네 집에 가는 일은 거의 없습니다. 나는 그곳을 방문하는 일이 썩 좋지는 않습니다."(BKB 137)

현실에서 카프카는 아버지를 "사회 개혁 사상"에 심취할 수 있는 인간으로는 보지 않았다. 그 반대로, 『아버지에게 보내는 편지』에서 카프카는 아버지가 '기본적인 반사회적 입장'을 갖고 있으며, 그런 생각을 그대로 고용인들과의 관계에도 적용하고 있다며 비판을 가한다. "아버지가 (…) 가게에서 고함을 지르고 욕하고 화를 내며 길길이 뛰는 장면을 보고 들은 적이 있습니다. 당시 내가 받은 인상으로는, 역사상 두 번 다시 없을 그런 광폭함을 부리면서 말이죠. (…) 게다가 폐병을 앓는 점원에 대해서는 또 뭐라고 계속해서 떠들어 댔습니까. '그 자식은 콱 뒈져버려야 해. 골골대는 개처럼.' 아버지는 고용인들을 '월급을 받아가는 적'이라고 불렀습니다. 사실 그들은 그랬습니다. 하지만 그들이 그렇게 되기 전에, 내 눈에 아버지는 그들의 '월급을 주는 적'으로 보였습니다."(H 136)

펠릭스는 이미 1916년 4월 19일의 꿈에서 아버지와 연관해 나타났던 카프카의 조카이다.(주해 28번 참조)

33. 카프카는, 결핵 판정을 받은 다음인 1917년 9월 중순, 요양을 위해 북서 보헤미아의 사츠 인근 취라우로 떠났다. 그곳에서는 누이 오틀라가 농장을 운영하고 있었다.

펠릭스 벨치는 당시 정치와 문학을 테마로 강좌를 열고 있었다. 카프카는 꿈에서 벨치의 수강생으로 나오는 아우구스트 자우어(August Sauer)를, 짧은 시간 동안 공부했던 독문학 덕분에 알고 있었다. 독문학 교수인 자우어는 독일 민족주의자이며 반유대주의자였으므로 카프카는 그를 공공연하게 싫어했고, 독문학 전공을 금방 포기해버린 데는 그 영향도 있었다. "(…)독문학, 지옥 불에나 떨어져라" 하고 카프카는 1902년 8월 24일 친구 오스카어 폴라크(Oskar Pollak)에게 썼다. 브로트는 이 편지에서 몇몇 부분만을 발췌해 인쇄했다. 그리고 주석을 달아놓았다. "카프카는 처음에 독문학을 전공하려고 했다. 하지만 곧 불쾌감을 느끼고 마음을 바꾸었다(…). 그의 실망에는 프라하 독일 대학교 독문학 교수인 아우구스트 자우어가 큰 역할을 했다. 이 편지의 공개되지 않은 부분에는 그 교수에 대한 지독한 공격이 들어 있다."(Br 496)

여기 나타난 오스카어는 아마도 눈먼 작가였던 오스카어 바움(Oskar Baum, 1883~1941)을 말하는 듯하다. 그는 벨치 그리고 브로트와 함께 카프카의 가장 친한 친구였다. 카프카가 말하는 "주커칸들-꿈"이란, 벨치가 1917년 10월 17일 카프카에게 편지로 써 보낸 어떤 일을 대수롭지 않은 듯 자조적인 어조로 깎아내리는 표현이다. 벨치의 편지 내용은 다음과 같다. "궁정 대신인 주커칸들(Zuckerkandl)과 함께 당신에 관해 대화를 나누었습니다. 그는 당신을 작가로서 거의 하늘만큼이나 숭배하고 있더군요. 그의 장모가 요양을 갔는데 그곳에서 사귄 한 부인으로부터 프란츠 카프카라는 작가에 대해 알게 되었고, 무조건 읽어볼 만한 작가라는 평을 들었다더군요. 그래서 장모는 작가 카프카의 책을 구해야겠다고 결심했고, 그렇게 했답니다. 그 덕분에 궁정 대신도 덩달아 그 책을 읽게 되었고, 네 페이지를 읽은 다음, 그냥 사로잡혀 버렸던 거지요. 그는 이런 말을 하더군요. '그런데 나는 그 작가를 어쩌면 이미 알고 있을지도 모릅니다. 그가 우리 대학의 박사라면 말이죠.'"(Br 508) 1917년 10월 말 편지에서(Br 188) 카프카는 다시 한번 더 이 에피소드를 언급한다. 카프카는 궁정 대신이자 국민경제학 교수인 주커칸들을 대학에서 강의를 들을 때 알게 되었다.

리디아 홀츠너(Lydia Holzner)에 대해서 막스 브로트는, "프라하 여학생 교육기관 교장"이라고 설명한다.

34. 당시 북이탈리아의 타글리아멘토에서 오스트리아-헝가리 연맹과 독일 병력이 이탈리아 군과 싸워 승리를 거두었다. 당연히 모든 신문들이 전투 전개 상황을 상세하게 보도했다.

35. 벨치는 정치와 문학을 테마로 강연했다. 프라하 대학교 철학 교수인 오스카어 크라우스(Oskar Kraus)는 그의 옛 제자인 벨치와 함께 이 강연 내용에 대해 냉소적인 토론을 시작했다. 만약 벨치가 카프카의 조언을 받아들였더라면 토론은 더욱 도발적인 의미로 발전했을 것이다.

36. 카프카는 요양을 위해 가 있던 셸레젠의 슈튀들 여관에서 이 편지를 썼다.

여기서 카프카가 언급한 고통에 대해 브로트는 다음과 같이 말한다. "유대인과 시오니스트들의 재앙이 나를 괴롭히던 꿈 이야기

이다. 당시 팔레스타인의 상황이 비관적이었다."(Br 510)

이후 이어지는 편지 내용에서 카프카는, 여기서 그가 무엇을 유대적인 것이라고 불렀는지 설명한다. "내가 말한 유대적인 것이란 한 소녀입니다. 그녀가 너무 많이 아픈 상태가 아니기를 희망하고 있습니다. 평범하면서도 놀라운 외모의 소녀지요."(BKB 263) 소녀의 이름은 율리에 보리체크(Julie Wohryzek, 1891~1939)이며 프라하의 유대교 회당 관리인 딸이다. 이후 카프카는 그녀와 약혼한다.

37. 흘라바타(Hlavatá)는 체코어로 고집이 세다는 뜻이다. 오틀라는 가족 중 유난히 정신적으로 독립심이 강했으며 아버지에게 맞서서 반항할 정도로 고집도 셌다. 그래서 아버지로부터 외면당하는 입장이었지만 카프카는 그녀에게서 내면적 동지의 모습을 발견했다고 믿는다. 『아버지에게 보내는 편지』에서 그는 이렇게 썼다. "오틀라는 아버지와 그 어떤 유대도 없습니다. 그녀는 나처럼 홀로 자신의 길을 찾아야 합니다. 나와는 달리 그녀가 풍족하게 가진 것들, 낙천성, 자신감, 건강, 근심 없음 때문에 당신의 눈에는 그녀가 나보다 더 못되고 배은망덕해 보이는 것이죠."(H 141)

38. 『자위군(Selbstwehr)』이란 프라하의 시오니스트 주간지 이름이다. 카프카는 이 신문을 1917년 이후 정기적으로 구독했다. 1920년 4월에는 그가 요양차 가 있던 메란으로 보내달라고 하기도 했다.

마르타 뢰비(Marta Löwy)는 카프카의 사촌을 말하는 듯하다.

39. 오틀라는 가톨릭교도 체코인 요제프 다비트(Josef David, 1891~1963)와 친해졌고, 부모와 친척들 대부분이 걱정하는 가운데 1920년 7월 15일 그와 결혼했다. 카프카는 이 결혼에서 전적으로 그녀의 편을 들어주었다. 아마도 오틀라는 카프카에게 편지로 자신

을 확신시켜 달라고 부탁을 한 듯하고, 그래서 카프카는 편지의 초반부에 그녀와 다비트의 결혼을—하지만 그런 직접적인 언급은 없이—격려하는 내용을 썼다. "(…)그것은 (…) 네가 수년 동안 꿈꿔오던 그런 '자산'이 될 수가 있다. 변하지 않는 대지와 대대로 내려오는 소유지, 맑은 공기와 자유. 어디까지나 네가 그것을 얻고자 원할 때만 가능하다는 전제 조건이 있긴 하지만."(O 82) 그리고 이어서 카프카는 "위에서 말한 그 테마"를 말하게 되고, 거기서 "그"란 다비트임이 드러난다.

40. 카프카는 밀레나 예젠스카(Milena Jesenská, 1896~1944)를 1919년 가을 프라하에서 알게 되었다. 그녀는 당시 남편 에른스트 폴라크(Ernst Polak)와 함께 빈에서 살고 있었으며 여러 가지 일을 했는데 그중에는 체코어 번역도 있었다. 1920년 4월 카프카는 요양하고 있던 메란에서 그녀에게 편지를 보냈고, 이후 이들은 서신을 교환하기 시작했다. 그가 편지를 보내게 된 구체적인 사안은 밀레나가 체코어로 번역하고 있던 「화부(Der Heizer)」 때문이었다. 하지만 이들은 곧 편지를 통한 연인 관계로 발전했다. 그것은 카프카가 펠리체 바우어와 가졌던 관계와 여러 가지 면에서 비교가 된다. 그가 예전에 베를린에서 펠리체 바우어와 만나는 일에 대해 많은 생각을 하고 여러 번이나 꿈을 꾸었듯이, 이번에는 빈에서 새 여자 친구를 만날지도 모르는 가능성에 대해 예전처럼 깊이 몰두하게 된 것이다. 카프카가 이 꿈을 써 보냈을 때는 메란에서의 요양 생활이 거의 끝이 났고, 따라서 프라하로 돌아가는 도중 빈에 들러 밀레나를 만나는 일이 눈앞에 다가와 있었다. 꿈에서 카프카가 그녀의 주소를 알아내기 위해 "머리를 짜서 이것저것 수단을 시도"해 보았다는 것은 그의 실제 생각과는 대조를 이룬다. 그는 하루 뒤에 다음과 같은 편지를 써 보냈다. "내가 빈으로 갈지 어떨지, 오늘은 말씀드릴

수가 없습니다. 하지만 내 예상으로는, 가지 않을 것 같습니다. 전에는 가지 않을 많은 이유가 있었다면, 오늘은 단 하나의 이유만 있습니다. 왜냐하면 그것은 내 정신력을 능가하는 일이니까요. 그리고 또 하나 어렴풋하게 떠오르는 사소한 이유를 들자면, 안 가는 편이 우리 둘 모두를 위해 더 나으리라는 것입니다."(M 55)

41. Dvoje šaty mám a přece slušně vypadám (체코어): 나는 드레스가 두 벌밖에 없지만, 아직은 그런대로 괜찮아 보입니다.

42. 밀레나는 카프카에게 작곡가 한스 크라자(Hans Krasa, 1899~1944)의 주소를 물어본 듯하다. 크라자는 프라하의 카페 콘티넨탈 예술가 모임 회원이었다.

라이너는 『트리뷰나(Tribuna)』지 편집자인 요제프 라이너(Josef Reiner, 1898~1920)이다. 그의 아내는 밀레나의 친구이기도 했는데, 남편을 속이고 외도했기에 라이너는 1920년 2월 19일 자살하고 말았다. 카프카는 이 불륜 사건을, 밀레나와 그녀의 남편 에른스트 폴라크의 결혼 생활을 파괴하지 말라는 하나의 경고로 받아들였다. 밀레나는 자주 카프카에게 남편이 그녀를 함부로 다룬다고 불평을 털어놓았고, 그래서 남편과 헤어지고 싶다는 암시를 주었다.

43. 8월 10일은 밀레나의 생일이었다. 이미 7월에 그녀는 카프카에게, 그녀 부부를 지속적으로 억누르는 경제적 난관 때문에 그녀 자신이 빈 기차역에서 짐 들어주는 여자로 일했다는 말을 했다.

44. 이 텍스트는 카프카가 여러 번 발표했다. 그중 『시골 의사(Ein Landarzt)』(1920)에도 수록되었다. 이것은 소위 '소송-소설'의 범주에 속하지만 정작 그 소설에 직접 들어 있지는 않다. 아마도 일종의

워밍업을 위한 작가의 스케치일 가능성도 있으며, 예술가의 특별한 창작 활동을 은유적으로 표현했다고 해석된다. 주인공인 요제프 K는, 화가가 그의 묘비를 완성하기 전에 죽어야만 한다. 카프카는 주인공의 이름이 마찬가지로 요제프 K인 소설 『소송』의 마지막 장을 첫 번째 장과 함께 썼다. 마지막 장에서 요제프 K는 처형된다. 그 의미는, 작가는 소설을 본격적으로 시작하기 전에 주인공을 죽게 만들어야 한다는 것이다.

후기

"매일 밤 나는 투쟁한다"
— 프란츠 카프카의 "책상과 소파 사이"

장편소설 『소송』에서 요제프 K는 — 이미 이전에 발표된 「변신」의 그레고르 잠자의 경우와 마찬가지로 — 침대에 누워 있다가 예상치 못한, 삶을 송두리째 바꾸어버리는 사건과 마주한다. 소설의 기이한 발단이 이루어지는 지점으로 카프카는 하나의 장소를 고른다. 그리고 그의 소설 대부분은 바로 그 장소를 둘러싸고 결정적인 장면들이 펼쳐지는 구조이다. 그 장소란 침대 혹은 침대 대용인 소파이다. 「판결」에서도 아버지의 침대에서 선고의 말이 떨어지며, 그레고르 잠자의 소파는 「변신」의 주요 무대이다. 카프카의 첫 번째 장편소설인 『실종자』는, 과다 수면증을 앓는 카를 로스만이 겪는 사건과 만남의 배경으로 침대와 소파를 여러 번이나 배치한다.* 그리고 카프카의 마지막 장편소설인 『성』의 도입부에서는, 방금 마을에 도착한 K

이것과 관련하여 프란츠 R. 켐프(Franz R. Kempf)의 「프란츠 카프카의 소설 아메리카』, 『소송』, 『성』에 나타나는 침대의 이미지와 기능(Das Bild des Bettes nd seine Funktion in Franz Kafkas Romanen *Amerika*, *Der Prozeß* und *Das chloß*)」을 참고할 것. 『언어와 문학(Literature and Linguistics)』. 아르발 L. 트레드베크(Arval L. Streadbeck)의 65회 생일을 기념한 논문집. 유타 어문학 연구서. 른, 프랑크푸르트암마인, 라스베이거스, 1981, 89~97쪽.
아메리카(Amerika)'는 『실종자』의 초판 제목으로, 이 책은 막스 브로트의 편집하에 헨의 쿠르트 볼프 출판사(Kurt Wolf Verlag)에서 출간되었다. — 편집자]

가 쓰러져 잠을 청했다가 금방 다시 깨어나는 장소인 밀짚 자루가 등장한다. 바로 그곳에서 측량사와 성의 관료제 간의 싸움이 시작된다. 그렇다면 소설은 잠든 K가 꾼 꿈이란 말인가?

이런 이야기의 창작자인 프란츠 카프카는, 과다 수면증이 아니라 불면증으로 괴로워했다. 수도 없이 많은 일기와 편지에서 그는 불면증을 호소하면서, 아무리 애를 써도 잠을 충분히 자지 못해 다음 날 글쓰기 작업을 위한 에너지를 비축하기 힘들다는 고통을 토로했다. 조금이라도 잠을 자보려는 목적으로 카프카는 스스로 "책상과 소파 사이"라고 명명한(F 362) 규칙적인 생활 리듬을 만들어 냈으며 이를 1912년 11월 1일 펠리체 바우어에게 편지로 써 보냈다.

"8시부터 2시 혹은 2시 20분까지 근무. 3시 혹은 3시 반까지 점심 식사. 그 이후부터 침대에서 7시 반까지 수면(하지만 대부분의 경우 잠들려고 노력만 하다가 그칩니다. 근 일주일 동안 이 시간에 내 눈앞에는 몬테네그로인들이 나타났을 뿐입니다. 두통과 극도의 혐오감을 불러일으킬 정도로 또렷하고 상세하게, 그들이 입고 있는 복잡하고 현란한 의상의 모든 세부적인 모습들까지 생생하게 보이는 겁니다), 그리고 10분간 체조를 합니다. 창가에서 옷을 다 벗은 채로 말이죠. 그다음 한 시간 정도 산책을 나갑니다. 혼자 갈 때도 있고 막스와 함께, 혹은 다른 친구와 갈 때도 있어요. 돌아와서는 가족들과 함께 저녁을 먹습니다. (…) 그리고 10시 반경에 (심지어는 11시 반이 될 때도 자주 있습니다) 책상에 앉아 글을 씁니다. 그날그날의 컨디션, 건강 상태, 기분, 그리고 운에 따라 1시, 2시, 3시까지 작업을 합니다. 언젠가 한번은 다음 날 아침 6시까지 계속해서 글을 쓴 적도 있지요. 그리고 다시 체조를 합니다. 위에 묘사한 것과 같은 방식으로, 하지만 절대로 무리해서 힘들이지는 않으면서요. 씻은 다음 가슴의 가벼운 통증, 그리고 뱃가죽 근육이 살짝 경련하는 느낌과 함께 침대에 듭니다. 이제부터는 잠들기 위해 가능한 모든 방법이 동원됩니다. 그 말은 곧, 불가능한 것을 실현시키려 애쓴다는 의미이기도 하지요. 사람은 어차피 잠들지 못합니다(그런데 신은 심지어 꿈도 없는 잠을 요구합니다). 그리고 잠들지 못하면서 머릿속으로는 일에 관해서 생각하게 됩니다(…). 그렇게 밤은 두 부분으로 나뉩니다. 깨어 있는 밤과 불면의 밤. 당신에게 이 밤들에 대해서 자세히 쓰려고 한다면, 당신이 그것을 듣고자 한다면, 나는 영영 이 편지를 끝내지 못할 겁니다."(F 67)

카프카는 여기 묘사된 하루의 일정표를 몇 년 동안 엄격하게 지켰다. 매일매일이 잠을 위한 싸움이었다. 오후의 대부분은 소파에서, 밤에는 침대에서. 이 싸움의 흔적은 불면의 고통을 직접적으로 묘사한 많은 글 이외에도 그의 꿈 묘사 속에서도 엿볼 수 있다. 꿈, 백일몽, 혹은 "반쯤 잠이 든 상태에서 찾아오는 환상"(KKAT 909) 속에서. 잠들지 못하고 뒤척인 수많은 밤들에도 불구하고, 카프카에게 책상과 소파는 안식과 집중의 장소, "슬픔과 사색에 잠기기에 최적의 장소"(F 55)였다. 여기서 그는 자신의 불행에 대해, "창밖으로-몸을-날리는-것"(KKAT 397)에 대해 오래오래 생각할 수 있었다. 여기서 그의 편지들이 "머릿속에서 요리되었"(KKAT 583)으며, "침대에서 고통스러워하던 중에" 「변신」의 이야기가 떠올랐다.(F 102) "잠과 몽롱함, 꿈 그리고 명징한 각성이 뒤섞인 가장 아름다운 다층적 세계를 경험한 뒤" 그는 침대에서 나와 책상으로 가서, 『실종자』의 토대가 된 몇 개의 메모를 작성했다. 그것은 침대에 누워 있는 그를 "엄청난 힘으로 엄습해버린" 영감이었다.(F 280)

그의 일기에서는 이와 유사한 계기로 탄생했을 법한 대목들, 실제 꾼 꿈 혹은 — 특히 오후 시간 소파에서 — "반쯤 잠이 든 상태에서 찾아오는 환상"을 묘사한 내용이 종종 눈에 들어온다. 잠과 불면 사이, "몽롱함"과 "명징한 각성" 사이에 환상이 자유롭게 펼쳐지는 모종의 상태가 자리 잡는다. 그 안에서 카프카는 절제된 의식과 꿈이 뒤섞인 상상력의 세계를 헤엄치며, 과거 속에 가라앉은 체험들을 끌어올려 현재화하고, 그의 텍스트에 도입될 주제와 장면들을 예측하면서 생명을 부여한다. 셀마 프라이버그(Selma Fraiberg)는 이미 1957년에 이렇게 단언했다. "이것은 그(카프카)가 꿈과 같은 이미지와 환상이 눈앞에서 나타나는 정신적인 상태를 경험했다는 증거이다. 그런 이미지와 환상을 붙잡아서 의식 속에 간직한 것이다. 그렇게 기록된 꿈과 환상, 혹은 이미지의 조각들은 그의 이야기를 시작하는 데 훌륭한 모티브가 되었다."* 프라이버그의 관찰은, 그러한 상태를 스스로 의식했을 뿐만 아니라, 더 나아가서 의도적으로 그러한 상태를 불러낼 줄도 알았다는 카프카 자신의 발언과도 일치하며, 더욱 포괄적으로 해석될 수 있다. 그와 관련해 A. P. 폴크스(A. P. Foulkes)도 이런 결론을 내렸다. "내면을 들여다보는 이런 행위는 평범한 꿈을 단순히 재현하는 것이 아니라, 본인이 의식적으로 그것을 유발할 때 일어날 것이다."** 그러므로 "몽롱한 꿈" 혹은 "반쯤 잠이 든 상태에서 찾아오는 환상"의 기록은, 소파나 침대에 누운 자가 실제로 꾼 꿈을 그대로, 자의식을 통해 변환하는 단계 없이, 단순히 기억에서 되살려내어 글로 옮기는 것과는 차이가 있다. 비록 카프카는 이 두 가지 경우를 대개는 구분 없이 "꿈"이라고 통일해 표현하긴 했지만 말이다.

그의 일기에 혼재하는 두 가지 종류의 꿈의 기록에서, "반쯤 잠이 든 상태에서 찾아오는 환상"은 특히 문학작품의 주요한 모티브가 되었다. 카프카는 아르투어 홀리체르의 미국 "여행기"***를 읽고 영향을 받아 자신의 환상

* 셀마 프라이버그, '카프카와 꿈(Kafka and the Dream)', 『예술과 정신분석(Art and Psychoanalysis)』, 윌리엄 필립스 발행, 뉴욕, 1957, 21f.

** A. P. 폴크스, 「카프카의 글에 나타난 꿈의 그림들(Dream Pictures in Kafka's Writings)」, 『독문학 리뷰(The Germanic Review)』 40호(1965), 27쪽.

*** 아르투어 홀리체르, 『아메리카의 오늘과 내일, 여행기(Amerika. Heute und morgen. Reiseerlebnisse.)』, 베를린, 1912. 이 책의 출간 전에 이미 카프카가 구독하던 『노이엔

안에 "꿈"의 그림들을 붙잡아놓았고, 자신의 소설 『실종자』의 첫 장과 지금 전해지고 있는 종결 부분에 넣었다.

1912년 9월 11일 카프카는 일기에 쓴다.

"꿈. 나는 바다를 향해 마름모꼴로 길게 쭉 들어간 반도에 있었다. (…) 처음에는 내가 어디에 있는지 전혀 알지 못했으나, 나중에 우연히 일어서게 되어 살펴본 결과 내 왼쪽 앞과 오른쪽 뒤편에서 닻을 단단하게 내린 채 반듯하게 정렬한 수많은 군함들로 둘러싸인 드넓은 바다를 보았다. 오른쪽에는 뉴욕이 보였다. 우리는 뉴욕 항에 있었다. 하늘은 회색이었지만 일정하게 밝았다. 나는 내 자리에 서서 자유롭게 몸을 돌려 사방의 공기를 마음껏 맛보며 이곳저곳을 둘러보았다."(KKAT 436)

이 일기가 있은 지 2주 후 카프카는 주인공이 뉴욕 항에 도착하는 장면을 쓰면서 소설 『실종자』 집필에 착수한다.*

"열일곱 살의 카를 로스만이 탄 배는 (…) 점점 속도

룬트샤우(Neuen Rundschau)』는 책의 내용을 미리 발췌해 소개했다. 홀리체르의 여행기를 영감의 원천으로 하여 카프카가 소설 『실종자』를 썼다는 견해를 보려면 하르트무트 빈더(Hartmut Binder)의 「책으로 읽은 아메리카: 『실종자』(Erlesenes Amerika: *Der Verschollene*)」를 참고할 것. 출처: 하르트무트 빈더, 『카프카, 창조의 과정(Kafka. Der Schaffensprozeß)』, 프랑크푸르트암마인, 1983, 75~135쪽.

* 카를하인츠 핑어후트(Karlheinz Fingerhut)도 일기의 내용과 소설의 도입부가 홀리체르가 묘사한 뉴욕 항의 도착 모습과 관련이 있다는 지적을 한다. 「체험으로 그리고 책으로 — 아르투어 홀리체르와 프란츠 카프카의 아메리카 묘사. 여행기에서 소설로의 기능 전환(Erlebtes und Erlesenes — Arthur Holitschers und Franz Kafkas Amerika-Darstellungen. Zum Funktionsübergang von Reisebericht und Roman)」, 『독일 토론(Diskussion Deutsch)』 20호(1989), 337~355쪽(주석 14번, 339쪽).

를 늦추며 뉴욕 항구로 들어왔다. 그는 이미 한참 전부터 시선을 주고 있던 자유의 여신상에게서 눈길을 거두지 않고 있는데, 햇살이 갑자기 눈이 부실 정도로 강렬해짐을 느꼈다. 한 손에 든 검을 지금 막 하늘로 높이 치켜든 듯한 여신상 주변으로 거칠 것 없는 대기가 자유롭게 흐르고 있었다."(KKAV 7)

꿈 일기에서 — 자유의 여신상 묘사는 나오지 않았던 — 앞으로 불쑥 튀어나온 위치에서 "사방의 공기를 마음껏 맛보며" 항구의 전경을 바라보는 이가 꿈을 꾸는 당사자였다면, 소설에서는 "거칠 것 없는 대기" 속에 자유의 여신상이 서 있다. 계속해서 일기에 나오는 항구의 묘사는 소설의 첫 번째 장에서 두 번이나 더 등장한다. 둘 다 항구에 정박한 배의 선창을 통해 바라다보이는 풍경이다. 그리고 이어서 소설 속에 등장하는 첫 번째 사건에서도 카프카는 "닻을 단단하게 내린 채 반듯하게 정렬한 수많은 군함들"을 다시 인용한다. "아마도 군함에서 울리는 예포 소리일 것이다." 꿈속에서 한 문장으로 요약된 풍경: "그리고 나는 이제, 우리 주변에는 높은 파도가 치고 있으며 외국에서 온 듯한 어마어마한 배들이 바다 위를 지나다니고 있음을 알아차렸다." 이것은 소설에서 "거대한 선박들"과 "작은 배와 보트들"이 "선실에 난 세 개의 창밖"으로 지나다니고 카를 로스만이 그 창을 통해 "대양의 파도"를 응시하는 것(KKAV 19)과 일치한다. 창밖으로 보이는 마지막 광경 또한 일기에 적힌 내용과 같다.

"지금 기억나는 것은 단지, 우리의 뗏목 대신에 기다란 통나무들을 한데 엮어 커다랗고 둥근 묶음으로 만든 것이, 매번 파도의 높이에 따라 통나무의 절단면은 많게든 적게든 위로 솟아오르는 반면 길이 부분은 수직으로 물속에 잠긴 채 허우적댔다는 사실이다."(KKAT 436f.)

일기에 나타난 기묘한 통나무 묶음은 소설에서는 상대적으로 평범하게 묘사된다. "(…)기이하게 생긴 부유물들이 파도의 움직임에 따라 여기저기서 불쑥불쑥 떠올랐다가 금세 다시 파도에 휩싸여버리고, 놀라 휘둥그레진 채 쳐다보는 눈동자 앞에서 물속으로 가라앉아 버렸다." (KKAV 26f.) 꿈속에서 항구 앞바다의 분주함을 바라보는 관찰자는 재미있어 하면서 이런 결론을 내린다. "이건 파리 대로에서 차를 타고 달리는 것보다 더욱 흥미롭군." 카를 로스만이 정박한 배에서 항구를 바라보는 마지막 시선은 "대양 증기선의 보트에" 앉아 있는 승객들을 관찰하는 것으로 끝이 난다. 승객들 대부분은 "변화무쌍한 광경을 따라 고개를 이리저리 돌리기를 멈추지 못했다. 그것은 끝없는 머리통의 움직임, 불안의 원소로부터 무력한 인간에게로, 인간의 행동 양식으로 전이된 무한한 불안정이었다." (KKAV 27)

꿈의 그림은 1914년 5월 29일 자 일기에도 있다. 여기서 카프카는 지나간 일을 다시 문학적으로 형상화해보려고 한다는 것을, 그것을 쓰기 시작했음을 암시한다.

"나는 계획이 있다. 나는 눈앞을 뚫어지게 응시한다.

내 상상의 만화경을 들여다보는 상상의 구멍이 눈에서 멀어지지 않도록. (···) 이제 겨우 시작이다. 매번 시작인 것이다. 아직도 나는 고통 속에 있지만, 이미 내 뒤에는 엄청난 계획의 열차가 다가오는 중이다. 첫 번째 플랫폼이 내 발밑으로 밀려나고, 더 나은 나라의 카니발 마차 위에 있는 듯한 나체의 소녀들이 나를 뒤에서 끌어올려 층계 위로 이끈다. 나는 허공에 살짝 떠 있다. 소녀들이 허공에 살짝 떠 있으므로. (···) 석판으로 만든 두 대의 트럼펫이 팡파레를 울리고, 작은 무리의 군중이 지도자에게 이끌려 다가온다. 아무런 장식 없이 반듯한 모양의 텅 빈 광장들이 어두워지며, 사람들로 가득 차고 소요가 인다. 나는 인간이 노력으로 거둘 수 있는 한계에 다다랐음을 느낀다. 그 최고의 단계를 나는 내 힘으로, 돌연히 나를 덮친 예술적 숙명으로 이루어냈다, 수년 전 내 감탄을 불러일으켰던 연체 곡예처럼(···). 이것이 인간에게 허용된 최후의 단계인 것일까. 아무래도 그런 것 같다. 이미 내 발 아래 놓인 땅이 깊고 커다랗게 벌어지면서, 그곳을 통해 조그만 뿔이 달린 악마들이 무수히 우글거리며 기어 나오는 것이 보인다(···)."(KKAT 526ff.)

그로부터 약 두 달 후인 1914년 8월 카프카는 —『소송』 집필과 동시에 — 한동안 중단했던 『실종자』의 작업을 재개했다. 그리고 10월 초 드디어 「오클라하마 극장(Theater von Oklahama)」 편도 완성되었다. 카를 로스만이 야외극장의 직원 채용 사무실이 있는 클레이튼 경주장 입구로 들어서는 장면은 일기에 적힌 것과 분명한 유사성이 있다. 다만 허공에 뜬 나체의 소녀들은 "흰옷을 입고 등에는 커다란 날개 장식을 단" 천사로 분장한 여자들이 되며, 그녀들은 석판으로 만든 트럼펫 대신 "황금빛으로 반짝이는 기다란 트럼펫"을 불면서 주각 위에 서 있기 때문에 "거인처럼" 커 보인다.(KKAV 389f.) 물론 그녀들은 진짜 천사가 아니었기에 카를 로스만은 그중에서 아는 여자인 파니를 발견하고는 주각 위로 기어올라 가지만, 위에 도달해서는 카를 자신도 장식의 일부분이 될 뿐이다. 그러나 그는 "다른 사람보다 더 우대를 받으면서 트럼펫을 불" 기회를 얻는다. 그리고 곧이어 그가 알게 된 것은, 천사 분장을 한 여자들은 두 시간마다 "악마 분장을 한 남자들"과 교대한다는 사실이다.(KKAV 393)

첫 번째 예에서와 마찬가지로, 여기서도 일기에 적힌 꿈 내용의 주요한 모티브들이 실제 소설 속에서 사용된 것을 알 수 있고 따라서 — 많은 변화들이 가해졌음에도 불구하고 — 카프카의 일기와 소설 사이에는 분명한 연관 관계가 엿보인다. 이러한 대항이 성립함은, 꿈속의 사건과 일치하는 소설 속 요소들을 연상 작용의 산물로 볼 수 있음을 암시한다. 꿈의 그림들을 가져와 소설화하면서 문학적인 형태 변이가 일어나지만, 여전히 그 출처를 찾아내고 원천을 확인하는 것이 가능하다.*

* 이것 역시 홀리체르의 여행기에 대한 원천 연구이다. 핑어후트를 참조할 것. 위 인용 351ff. 그리고 한스페터 뤼징(Hans-Peter Rüsing), 「해석을 위한 원천 연구: 홀리체르와

카프카에게 소파는, 자신의 환상을 자유롭게 유영하도록 풀어놓는 장소이다. 그러다가 상황에 따라서는 개인적인 갈등이 해소되는 몽상에 빠지기도 한다. 1910년 11월 27일 그는 일기에 쓴다. 오후에 소파에 누워 있으면서 청소년기의 몇 가지 연애 사건을 떠올렸고, 분통 터지게도 기회가 있었으나 성사시키지 못했던 일에 대해서도 곰곰이 되새겨 보았노라고.(KKAT 140 참조) 다른 부분에서는 산재보험 공사의 상사와 동료들, 친구와 친척들이 등장하는 꿈과 반쯤 잠이 든 상태에서 찾아오는 환상에 대해서 쓴다. 그가 소파 위에서 이러한 상태를 의도적으로 유발하여 인지하는 것은 아마도 모종의 전략과도 연관이 있을 듯한데, 그것은 자신이 직접 몸으로 느낀 상태를 작품 속 인물들에게 그대로 전이하려는 의도이다. 카프카는 「변신」에서 그레고르 잠자가 "절대로 없어서는 안 될 소파"(E 91) 위에서 이런 상태를 체험하게 만든다.

"밤과 낮 내내 그레고르는 거의 한숨도 잠을 이루지 못했다. 종종 그는, 다음에 방문이 열릴 때면, 다시 예전처럼 가족들의 일을 자신이 도맡아 해결해줄 수 있으리란 생각을 했다. 그리고 오랜만에 사장과 지배인, 점원과 수습생들, 이해력이 좀 딸리는 하인, 다른 상점에서 일하는

수큽스의 아메리카 여행기와 카프카의 소설 『실종자』(Quellenforschung als Interpretation: Holitschers und Soukups Reiseberichte uber Amerika und Kafkas Roman *Der Verschollene*)」, 『현대 오스트리아 문학(Modern Austrian Literature)』 20호(1987), 21ff.

두세 명의 친구들, 시골 호텔에서 알게 된 하녀, 사랑스럽고 덧없는 기억들, 모자 가게 여자 계산원의 모습이 떠올랐다. 그는 모자 가게 계산원을 정말로 진지하게 생각했으나 그의 구애는 너무 뒤늦었다. 그들 모두의 모습이 낯모르는 이들과 혹은 이미 잊어버린 사람들과 뒤섞여 나타났으나, 그와 그의 가족들을 도와주는 대신에*(삭제된 부분: 그들은 모두, 밤새도록 그를 둘러싼 채, 무릎을 꿇기 시작했다. 그들과는 그 어떤 대화도 할 수 없었다. 첨가된 부분: 모두 까다롭고 오만해 보이기만 했으므로) 그래서 그들이 사라져버렸을 때 그는 차라리 기뻤다."(E 99)

여기서 카프카는 자신이 아주 잘 알고 있는 상황으로 그레고르 잠자를 이끌었다. 그리고 2년 뒤에는 요제프 K도 이런 상황을 겪게 될 것이다. 「관청(Das Haus)」이라고 불리는 장의 내용은 다음과 같다.

"(…)종종 — 대개는 일을 끝낸 저녁 완전히 지쳐빠진 상태에서 — 그는 낮에 일어났던, 무의미할 정도로 사소하면서도 거기다 애매모호하기까지 한 사건들에서 위안을 얻었다. 서재의 소파에 누운 그는 — 그렇게 일단 한 시간 동안 소파에 누워서 휴식을 취하지 않고는 서재를 떠날 힘도 없었다 — 머릿속으로 자신이 관찰한 것들을 하나하나 떠올려보곤 했다. 그의 생각은 반드시 재판 관련 인물들에게만 국한되는 것은 아니었다. 여기서, 절반쯤

* 여기서부터는 손으로 쓴 기록을 인용한다.

잠이 든 상태로 누워 있으면, 모든 것이 뒤섞였다. 그럴 때 그는 법원의 다른 중대한 일들은 전혀 의식하지 않았다. 오직 자신이 법원의 유일한 피고인 것만 같았고, 다른 사람들은 모두 법원 직원이거나 판사가 되어 법원 건물의 복도를 혼란스럽게 오간다는 느낌이 들 뿐이었다(…).” (KKAP 348)

K의 상상 속에는 그루바흐 부인의 세입자들도 등장하는데, “그들 중에는 모르는 사람도 많았”고, 그는 마침내 스스로 재판정 건물 안으로 숨어들어 간다.

“그는 그곳의 모든 방들을 잘 알고 있었다. 그가 결코 본 적이 없었을 숨겨진 복도들조차도 마치 오랫동안 살았던 자신의 집인 양 그에게는 익숙하기만 했다. 구석구석의 작은 특징이나 눈에 보이는 사소한 장면들이 모두 고통스러울 만큼 선명하게 그의 뇌리에 와 박혔다. 예를 들자면 한 외국인이 로비를 산책하고 있었다. 외국인은 마치 투우사와 같은 차림새였다. 허리 부분은 칼로 자른 듯 절개가 들어가 있고, 몸을 빽빽하게 감싸는 매우 짤막한 윗옷은 노르스름하고 올이 굵은 레이스천이었다. 그 남자는 산책하는 발걸음을 일순간도 멈추지 않았으므로, K는 깜짝 놀라는 눈빛으로 계속해서 그를 주시했다. 허리를 굽히고 살금살금 그를 향해 다가간 K는 커다랗게 눈을 부릅뜨고 그를 자세히 바라보았다. 남자의 윗옷 레이스 무늬 하나하나를 모두 알게 되었으며, 심지어 잘못된 술 장식 하나하나, 윗옷 모양의 굴곡 하나하나까지도 외울 정도가 되었지만,

아무리 보아도 싫증이 나지 않았다. 아니, 어쩌면 K는 이미 한참 전부터 그 남자의 윗옷을 관찰하는 것이 싫증 난 상태이거나, 혹은 더욱 정확히 말해서 아예 처음부터 그것을 보고 싶은 생각 따위는 결코 없었지만, K는 관찰을 멈출 수가 없었다. '외국 옷은 무슨 가장무도회 복장 같군!' 하고 그는 생각하면서 눈을 더욱 크게 떴다. 소파에서 몸을 한참 뒤척이다가 마침내 소파 가죽에 얼굴을 잔뜩 눌러댈 때까지, K는 이 남자를 정신없이 지켜보고 있었다."(KKAP 349f.)

이제 앞뒤가 들어맞는다. 이 글 초반에 인용한 펠리체 바우어에게 보낸 편지에서 나온 몬테네그로인을 기억해보자. "두통과 극도의 혐오감을 불러일으킬 정도로 또렷하고 상세하게, 그들이 입고 있는 복잡하고 현란한 의상의 모든 세부적인 모습들"이 일주일 동안이나 오후의 낮잠 시간에 카프카에게 나타났다고 했다. 혹은 꿈속에서 본 영국인도 있다. 그 영국인이 입고 있던 의상에 대해 카프카는 1911년 10월 어느 날의 일기에서 상세히 묘사한다.(KKAT 206) 소파에 누워 절반쯤 잠이 든 상태에서 요제프 K가 목격하는 일들은 "내면의 꿈의 세계에서 어떤 표면적인 현실로의 이행"이 실제의 예가 되어 나타나는 것이지만, 그러한 형태의 조각을 소설에 그대로 활용하기에는, 프리드리히 바이스너(Friedrich Beißner)의 표현대로라면 "지나치게 선명하다".*

* 프리드리히 바이스너, 「카프카의 '꿈과 같은 내면의 삶'의 묘사(Kafkas Darstellung des 'Traumhaft inneren Lebens'」, 강연, 튀빙겐, 1972, 30f.

카프카와 그의 주인공들에게는, 잠과 불면 사이에 침대나 소파가 있다. 그곳은 자아가 자기 자신의 옆으로 한 발짝 비껴나 스스로를 타인의 시점으로 바라볼 수 있는 장소이다. 1911년 10월 2일의 일기에는 다음과 같은 대목이 있다.

"잠 없는 밤. 벌써 사흘째나 이어지는 중이다. 잠이 쉽게 들지만, 한 시간 후쯤, 마치 머리를 잘못된 구멍에 갖다 뉜 것처럼 잠이 깨버린다. 의식은 더없이 선명해진다. 잠이 들었다는 느낌은 조금도 없다. 혹은 극도로 옅은 선잠을 자고 일어난 기분이다. 이제부터는 다시 잠들어야 한다는 엄청난 과제가 내 앞에 놓인 셈이지만, 나는 잠으로부터 추방당한 느낌일 뿐이다. 이제부터 대략 새벽 5시까지, 밤새도록, 비록 잠이 든다 해도 너무나 강력한 꿈에 사로잡힌 나머지 동시에 의식이 깨어 있을 수밖에 없는, 그런 상태가 계속된다. 형식적으로야 내 육신과 나란히 누워서 잠을 자는 것이긴 하지만, 그러나 사실은 그동안 꿈으로 나 자신을 쉴 새 없이 두들겨대야만 하는 것이다." (KKAT 49f.)

분열적인 인상마저 주는 이 기이한 상태의 묘사는, 하지만 카프카에게만 일어나는 현상은 아니다. 『심리학 개론(Handbuchs der Psychologie)』의 「인식과 의식(Wahrnehmung und Bewußtsein)」 편을 한번 확인해보자.

"인간에게서 생명과 영혼이 빠져나가지 않았다 해도, 무의식 즉 코마, 트랜스, 혹은 중증의 환각이나 마취,

기절 등의 상태에서 인간은 '의식을 잃어버릴 수' 있다. 그리고 몇몇 이론가들의 견해에 따르면, 깊은 잠이 들었거나 꿈을 꾸거나 낮 동안의 백일몽에 빠져 있을 때, 그리고 혼미한 정신일 때도, 인간은 '의식을 유지하는' 상태가 아닌 것이다. (…) 슈트라우스가 말한 대로, '깨어 있다는 것은 의식과 동의어는 아니다. 우리는 의식하면서 꿈을 꿀 때도 있기 때문이다'와 같은 내용이 오늘날은 심리적으로나 현상학적으로 합의를 이룬 듯하다. 하지만 더욱 정확히는, 깨어 있는 상태는 현상학적으로 꿈속의 의식과, 두 가지 의식-상태 사이의 불연속성에 관해서 굳이 언급하지 않더라도, 분명히 구분된다고 해야 할 것이다."*

분명 카프카도 이러한 현상에 대해서는 잘 알고 있었을 것이다. 그러나 그는 실제로 잠에서 깨어나는 그 결정적인 순간을 극도의 예민함으로 포착했다. 요제프 K는 감독관과 대화를 나누는 삭제된 장면에서 이런 말을 한다.

"누군가 이렇게 말했습니다만, 그게 누구였는지는 기억나지 않는군요. 하여간 그는, 일찍 잠에서 깨어나, 모든 사물이 지난 저녁과 큰 변화 없이 그 자리에 그대로 놓여 있는 것을 발견하는 순간은 특별하다고 했습니다. 사람은 잠을 자면서, 그리고 꿈을 꾸면서, 깨어 있을 때와는 완전히 다른 상태에 머무는 것이고, 그러니 그 사람이 말한 그대로, 눈을 뜬 다음 저녁때 놓아둔 그 자리에서 사

* 「인식과 의식」, W. 메츠거 & H. 에르케(W. Metzger & H. Erke) 발행, 『심리학 개론』 12권 중 I/1권, 뮌스터, 1966, 86f.

물들을 다시 발견하기 위해서는 무한한 정신적 현존, 혹은 정신적 무장이 필요하게 되니까요. 그런 점에서 보자면 잠에서 깨어나는 그 순간이야말로 하루 중 가장 위험한 때가 아닐까요. 그때 사람이 어딘가로 스윽 밀려나버리지 않고 잘 버텨준다면, 그러면 나머지 하루 종일은 안전하고 기분 좋게 보낼 수 있을 겁니다."(KKAPApp 168)

그레고르 잠자, 요제프 K 그리고 그들을 창조한 작가는 이 사실을 잘 알고 있다. 깨어남의 순간은 이전의 그 어떤 순간과도 다르다. 외부의 세계에도, 내면의 세계에도 속하지 않는다. 밤사이 너무 많은 일들이 아직 침대에 누워 있는 그 사람에게, 그 사람의 주변에서 일어났다. 잠과 깨어남 사이에 그는 많은 사건들에 시달렸고, 그중에서도 특히 상상으로, 환상으로, 그리고 "서서히 형체를 잡아가면서 믿기 힘든 모습으로 고정되어가는 생각의 혼돈으로" 괴로움을 겪었다.(KKAT 732)

이 두 가지 상태를 넘나드는 경계 위에서, 이 상태 혹은 저 상태의 자신이 상상으로 만들어낸 또는 몽환으로 그려낸 상황을 인지하는 것, 그러면서 현실 문제의 어떤 해법을 구상해보는 것이 바로 카프카의 '소파 위의 삶'이 주로 관심을 가졌던 테마이다. 수많은 수정을 거치다 마침내는 삭제되어버린 「관청」의 뒷부분에서 요제프 K는, 바로 위와 같은 상태에서, 티토렐리를 자기편으로 만들어 성공적인 "법정 속여 넘기기"를 꿈꾼다. "변신", 즉 행복한 결말이 다음과 같이 암시된다. "지금까지 등 뒤편에서 비쳐들던 빛이, 갑자기 방향을 바꾸며 정면에서 눈부시게 쏟아졌다."(KKAPApp 346) "잠"과 "깨어남"이 혼재하는 이 순간 작가 카프카는 가장 이상적인 상태를 체험하며 원하기만 하면 뭐든지 자신의 바깥으로 "꺼내 올리는" 경험을 할 수 있다.(KKAT 53) 다양한 특징을 갖는 그의 텍스트들은 세 종류로 분류가 가능하다(그렇긴 하지만 그들 각각을 구분하는 경계는 유동적이다). 실제로 꾼 꿈을 그대로 기록한 것(기록하는 단계에서 어느 정도의 문학적 가공이 행해지기도 한다), 문학 텍스트로의 전이를 염두에 두고 몽환으로 그려본 내용(통제된 꿈), 그리고 처음부터 문학 작품 속에서 꿈같은 효과를 불러일으키는 소재로 삼으려고 작정한 예술적 시나리오.

주인공의 이름이 우연히도 요제프 K인, '꿈'이라는 제목이 달린 작은 소품은 마지막 종류의 꿈에 해당할 것이다. 추측건대 이 작품은 『소송』을 쓰기 위한 준비 작업으로, 꿈의 내용을 신비롭게 문학화한 과정인데, 전형적인 카프카적 글쓰기의 한 예를 보여준다. 그것은 마지막 결말에 대한 상상이 글의 도입부에서 자꾸만 출몰하면서, 처음부터 글의 진행을 저해하는 것이다. 그런 방해 요소는 직선적 글쓰기라는 전통적인 원칙을 깨부수고 주인공의 종말이 등장하는 마지막 장을 아예 가장 처음에 씀으로써 극복할 수 있다. 아마도 카프카가 소파 위에서 상상력으로 고안해낸 해결책도 이런 방법이었을 것이다. 그는 17세기 시인들이 그러했듯이 예지몽과 비슷한 형태로 이것을 기록해둔 것이다.

소파에서 불면으로 뒤척일 때 떠오른 이미지는 상상력을 고양시켜 카프카가 창작의 슬럼프를 극복하는 데 도움을 주었고 모순되는 상황들 간의 관계를 명확하게 밝혀주었다. 이 두 가지는 모두 그의 작품들 속에 반영된다. 통제된 “꿈”에서 환상의 도움으로 얻은 이미지 재료들은 그의 일기뿐만 아니라 순수한 문학 텍스트에서도 재발견할 수 있다. 환각을 통해 위기 상황들을 현재화함으로써 카프카는 자신의 주인공들이 “꿈”을 살도록 만든다. 빌리 하스(Willy Haas)는 카프카에 대한 개인적 친분과 작품에 대한 정확한 지식을 바탕으로 그를 “세계문학의 꿈의 거장”이라고 명명했다.* 카프카의 꿈이 카프카의 일상에 얼마나 큰 영향을 미쳤는지는, 1911년 5월 25일 막스 브로트의 일기에서 엿볼 수 있다. “카프카는 오지 않는다, 그는 자신의 꿈 말고는 그 어떤 일에도 더 이상 관심을 갖지 않는다.”** 여기서 언급된 “꿈”도 그의 작품들과 연관되어 있으리란 것은 당연하다. 그로부터 3년 후, 1914년 8월 6일, 『소송』을 쓰기 시작한 지 며칠 뒤, 카프카는 앞으로 수없이 많이 인용될 일기의 한 구절을 적어 넣는다. “꿈과 같은 내면의 삶을 묘사하는 일이 운명이자 의미이고, 나

* 빌리 하스, 「후기」, 출처: 프란츠 카프카, 『밀레나에게 보내는 편지』, 프랑크푸르트, 1952, 277쪽.

** 클라우스 바겐바흐(Klaus Wagenbach), 『프란츠 카프카, 그의 청소년기(Franz Kafka. Eine Biographie seiner Jugend)』, 베른, 1958, 125쪽, 221쪽.

머지는 전부 주변적인 사건이 되었다(…)."(KKAT 546)

한스게르트 코흐(Hans-Gerd Koch)

약어

프란츠 카프카의 문서, 기록, 편지들의 인용에는 카프카 연구에서 통용되는 다음과 같은 기호들을 사용하였다.

문서. 일기. 편지. 비평본. 위르겐 보른(Jürgen Born), 게르하르트 노이만(Gerhard Neumann), 맬컴 패슬리(Malcolm Pasley)와 요스트 실레마이트(Jost Schillemeit) 발행. 프랑크푸르트암마인, S. 피셔, 1982.

KKAP	『소송(Der Proceß)』. 맬컴 패슬리 발행. 텍스트-연구본. 1990. (App[Apparatband]는 연구본을 뜻한다.)
KKAS	『성(Das Schloß)』. 장편소설. 맬컴 패슬리 발행. 텍스트-연구본. 1982.
KKAT	『일기(Tagebücher)』. 한스게르트 코흐(Hans-Gerd Koch), 미하엘 뮐러(Michael Müller), 맬컴 패슬리 발행. 텍스트-연구-주해본. 1990.
KKAV	『실종자(Der Verschollene)』. 장편소설. 요스트 실레마이트 발행. 텍스트-연구본. 1983.

B	『어느 투쟁의 기록(Beschreibung eines Kampfes)』. 노벨레, 스케치, 유고 아포리즘. 막스 브로트 발행. 프랑크푸르트암마인, S. 피셔, 1953. (피셔 문고본 2066)
BKB	『막스 브로트. 프란츠 카프카. 우정의 서신 교환(Max Brod. Franz Kafka. Eine Freundschaft. Briefwechsel)』. 맬컴 패슬리 발행. 프랑크푸르트암마인, S. 피셔, 1989.
Br	『편지 1902~1924(Briefe 1902~1924)』. 막스 브로트

발행. 프랑크푸르트암마인, S. 피셔, 1958. (피셔 문고본 1575)

E 『단편 전집(Sämtliche Erzählungen)』. 파울 라아베(Paul Raabe) 발행. 프랑크푸르트암마인, 피셔 문고본 출판사, 1970. (피셔 문고본 1078)

F 『펠리체(바우어)에게 보내는 편지 외 약혼 시절의 기타 편지들(Briefe an Felice [Bauer] und andere Korrespondenz aus der Verlobungszeit)』. 에리히 헬러(Erich Heller), 위르겐 보른 발행. 프랑크푸르트암마인, S. 피셔, 1967. (피셔 문고본 1697)

H 『시골 결혼식 외 기타 유고 산문집(Hochzeitsvorbereitungen auf dem Lande und andere Prosa aus dem Nachlaß)』. 막스 브로트 발행. 프랑크푸르트암마인, S. 피셔, 1953. (피셔 문고본 2067)

M 『밀레나(예젠스카)에게 보내는 편지(Briefe an Milena [Jesenská])』. 개정 확장본. 위르겐 보른, 미하엘 뮐러 발행. 프랑크푸르트암마인, S. 피셔, 1982. (피셔 문고본 5307)

O 『오틀라(카프카)와 가족에게 보내는 편지(Briefe an Ottla [Kafka] und an die Familie)』. 하르트무트 빈더(Hartmut Binder), 클라우스 바겐바흐(Klaus Wagenbach) 발행. 프랑크푸르트암마인, S. 피셔, 1974. (피셔 문고본 5016)

서문에서 인용한 오스카어 발첼과 빌에리히 포이케르트의 글은 『프란츠 카프카. 비평과 이해 1912~1924』(위르겐 보른 외 발행, 프랑크푸르트암마인, S. 피셔, 1979[BO I]) 그리고

『프란츠 카프카. 비평과 이해 1924~1938』(위르겐 보른 외 발행, 프랑크푸르트암마인, S. 피셔, 1983[BO II])에서 볼 수 있다.

f., ff. (다음 페이지, 혹은 다음 페이지 이하)

옮긴이의 글

눈 속에서 불타기 전 아이는 어떤 꿈을 꾸었나

나는 갈라진 땅에서 솟아난 것처럼 트럭 앞에 서 있었다.

원래는 말 운반용인 트럭은 산처럼 거대해 보였다. 고개를 들어 위를 보니 트럭의 짐칸은 이미 사람들로 가득했다. 그래도 누군가 손을 뻗어 나를 끌어올려 주었다. 손은 누렇고 넓은 옷소매에서 튀어나왔고, 엄지를 포함한 열 개의 손가락 모두 금빛 반지를 끼고 있었다. 하지만 손의 주인은 볼 수 없었다.

내가 시선을 돌리는 곳마다 짙은 연무가 매의 머리 모양으로 뭉쳤다가 흩어지기를 반복했다. 트럭은 안개와 구름 속에서 완전히 벗어나지 못한 것처럼 차갑고 축축했으며 습기 때문에 더욱 역겹게 느껴지는 재와 말 오물 냄새가 진동했다. 트럭에 탄 이후에 알았지만, 내 가방은 이미 트럭 위에 올라와 있었다. 달리 빈 공간이라곤 없었으므로 나는 검고 커다란 가방 위에 올라가 앉았다. 가죽 가방의 표면이 비에 젖어 미끄러웠기에 트럭이 달리기 시작하자 내 몸은 가벼운 뼈처럼 사방으로 요동쳤다. 나는 손을 뻗어 트럭의 난간을 잡았다. 녹슨 난간은 섬세한 물방울에 젖어 있었다. 그것은 낮은 대지로부터 솟아오르는 짙은 습기였다. 바람을 타고 역류하는 무거운 빗방울이었다.

사람들은 등을 트럭의 난간에 기대고 앉은 자세였

다. 중앙에 앉은 사람들은 트럭의 가운데를 가로지르는 밧줄을 붙잡고 있었지만 돌투성이 스텝 평원을 달리는 트럭이 한 번씩 흔들릴 때마다 모든 사람들의 몸이 미친 듯이 요동쳤다. 나는 그들의 얼굴을 볼 수 없었다. 다들 두건으로 머리를 감싸거나 테두리에 누런 털이 달린 푸른색 비단 삼각형 모자를 눌러쓰고 있었기 때문이다. 그리고 간혹 그들이 얼굴을 쳐들면, 그 자리에는 매의 머리 모양으로 짙은 회색빛 구름이 형성되었다.

트럭은 길 없는 평원의 길을 오래오래 달려갔다. 도중에 강이 나타났다. 강은 모습보다 먼저 물소리로 나타났다. 강철처럼 불투명한 밝은 회색빛 물살이 세차게 흘렀다. 물속에서 바위가 튀어오를 정도로 세찬 물살이었다. 트럭은 주저 없이 강물 속으로 들어갔다. 보기보다 얕은 강이었다. 나는 난간 아래로 트럭의 거대한 바퀴가 일으키는 사나운 물살을 내려다보았다. 물보라가 소용돌이 치면서 강물에 흰 거품이 일었다. 고개를 아래로 하고 있으니 지독한 휘발유 냄새 때문에 숨을 쉴 수가 없었다. 눈을 들면 시선이 닿는 곳마다 부유하는 공기가 매의 머리 모양으로 짙은 물방울 구름을 형성했다가 서서히 풀어지기를 반복했다. 사방에서 대기의 물이 강의 물과 결합했다. 내 몸은 가벼운 뼈처럼 사방으로 요동쳤다. 강 건너편에서 트럭은 멈추었다. 흰 뼈와 돌로 덮인 나지막한 구릉이 눈앞에 펼쳐졌다. 구릉 위에는 돌과 이끼로 만든 오두막집이 한 채 보였고 그 뒤로 날카로운 원뿔형의 바위산이 솟아 있었다. 사람들은 트럭에서 내렸다. 나는 이곳이 어디냐고 물었다.

"스키타이족의 무덤이다." 얼굴이 보이지 않는 누군가 대답했다.

그들은 너른 지역에 흩어져 살지만, 1년에 한 번씩 축제가 있는 날이면 이 자리에 모이는데 오늘이 바로 그 날이라고 했다. 그래서 그들은 트럭을 타고 먼 길을 달려왔다. 나는 한 손으로 가방을 끌고 — 트럭에서 내린 이후에 알았지만, 내 가방은 이미 트럭에서 내려져 있었다 — 돌투성이 길을 힘겹게 걸었다. 빗물에 젖은 외투가 무겁게 땅에 질질 끌렸다. 두건에서는 물이 뚝뚝 떨어졌다. 이제 나는 두 손을 사용해서 가방을 끌어당겨야만 힘겹게나마 한 발자국씩 옮길 수가 있다. 구릉 위로 향하는 길은 점점 오르막으로 바뀌는 데다가 젖은 가방은 점점 더 무거워졌기 때문이다.

간신히 구릉 위에 도착하자 대지를 갈기갈기 찢어발기는 기세로 바람이 불어왔다. 구릉 위 땅은 노송나무의 초록빛 잎사귀와 갈색 가지들로 덮여 있었다. 이곳의 노송나무들은 바람 때문에 바닥에 달라붙은 채 구불구불하게 자라나며 대지를 뒤덮었다. 노송나무의 둥그런 무늬들이 흙의 눈동자처럼 나를 올려다보았다. 노송나무 아래에는 눈에 띄지 않게 작은 노란 꽃들이 비밀스럽게 몸을 숨기며 피어 있었다. 꽃들의 가날픈 줄기 밑에는 연초록색 이끼가 깔려 있었다. 나는 바람에 날려가지 않으려고 가방을 꼭 붙들고 앉았다가 마침내 한 그루의 어린 노송나무가 되어 바닥에 구불구불한 모양으로 누웠다. 그러자 내 몸에서는 노송나무의 냄새가 났다. 노송나무를 불태울 때 나는 흰 연기와 강한 허브 향기가 났다. 누군가 나를 노송나무로 착각한 듯 내 등을 밟고 지나갔다. 흰 비구름에 덮인 바위산 아래에서 매의 머리를 한 사람들의 노랫소리가 들려왔다.

흰 구름 위로 솟은 산
흰 눈의 봉우리
저 산으로 떠나간
내 아버지의 수염처럼.

아버지를 마지막으로 본 것은 한여름의 유원지에서였다.

나는 잠에서 깨어난 다음에야 아버지가 사라진 것을 알았다. 그곳은 싸구려 플라스틱 유원지였다. 우리는 컨테이너 모양으로 지은 플라스틱 집에서 묵었다.

아버지는 늘 그렇듯이 잠이 들기 전 나에게 책을 읽어주었다. 우리는 자동차를 타고 그곳으로 왔고, 컨테이너 집의 창밖으로 우리가 타고 온 낡은 이인용 차가 보였다. 먼지투성이 창틀에는 플라스틱 조화가 장식되어 있었다. 바닥에 타일 모양의 초록색 벽돌이 깔린 유원지 한가운데는 거대한 공중그네가 있었다. 나는 세상에서 그처럼 거대한 크기를 본 적이 없었다. 그것은 아마도 지구 자체, 혹은 그 이상으로 커다란 어떤 것이었다. 바닥으로 내려온 공중그네에 올라타면, 그것이 꼭대기로 올라가는 데는 몇 년 혹은 그 이상의 세월이 걸릴 것 같았다. 공중그네 꼭대기는 구름 위로 솟아 있기 때문에 아예 보이지도 않았다. 올라타는 사람도 내리는 사람도 없었지만 그네는 밤이나 낮이나 일정한 속도로 돌아가고 있었다. 밤이면 그네는 테두리에 불을 밝힌 시뻘건 눈동자로 변하여 활활 타올랐다. 여름밤은 열병에 걸린 것처럼 덥고 답답했으므로 우리는 늘 창문을 열어두었다. 꿈속에서도 그네는 불붙은 바퀴가 되어 활활 타오르며 돌아갔다.

유원지에서 아버지가 읽어준 책은 '눈(snow)아이'라는 제목인데 한 빨치산 여자아이에 관한 것이었다. 빨치산 부대원이던 여자아이는 결국 적군에게 잡혀서 화형을 당했고, 불타다 남은 그녀 육신의 잔해는 흰 눈이 내리는 한겨울 내내 학교 운동장에 설치된 화형대에 매달려 있었다. 아버지는 나에게 책을 내밀었다. 그리고 말했다. "자, 봐라!" 화형대에 매달린 여자아이의 사진이 있었다. 처형 직전과 직후를 찍은 두 장의 사진이었다. 직전의 사진에서 여자아이의 목은 참으로 길었는데, 왼쪽으로 급격하게 기울어 있었다. 여자아이의 눈동자는 잠이 든 것처럼 가느스름하고 엷은 눈꺼풀로 덮여 있었다. 운동장은 눈이 가득 내려 새하얬고 학교 건물을 뒤덮은 엷은 얼음의 날카로운 반짝거림이 흑백사진 속에서도 베일 듯 예리하게 느껴졌다. 처형 직후 여자아이는 더 이상 여자아이가 아니었다. 그녀는 화형대 나무토막의 일부가 되었다. 마찬가지로 뭉툭하고, 마찬가지로 시커먼.

책이 바닥에 떨어지고, 나는 잠이 들었다.

아침에 잠에서 깨자 방에는 나 혼자만 있었다. 창문은 여전히 열린 채였지만 창밖에 자동차는 보이지 않았다. 유원지 서커스의 북소리가 들렸다. 둥둥둥. 가느다랗고 높은 삐 피리 소리도 들려왔다. 삘리리삘리리. 아이들의 웃음소리, 사람들의 말소리, 분수의 물방울 소리, 막대사탕의 비닐 포장지를 힘겹게 벗겨내는 소리가 커다랗게 증폭되어 들렸다.

한참을 누워 있었지만 아버지는 오지 않았고, 그 누구도 아침 식사를 갖고 오지 않았다. 나를 일으켜 씻겨주는 사람도 없었다. 아마도 나는 잠이 들었다가 다시 깨기를 반복했던 것 같다. 그림자의 위치와 크기가 순식간에 바뀌었다. 창가의 플라스틱 조화가 시들었다가 다시 피어났다. 구름이 서커스 천막 위를 가득 덮었다가, 다음 순간 태양이 분수의 물방울 하나하나를 웃음을 터트리는 찬란한 알갱이들로 바꾸어 놓았다. 마지막으로 우박이 쏟아지면서 천둥이 쳤다. 마침내 내가 침대에서 일어날 때는, 현기증 때문에 머릿속이 하얗게 비어버렸다. 이미 세상은 저녁처럼 어둑했다. 그러나 어떤 저녁인가? 어느 날의 저녁인가? 창밖에는 불그스름한 하늘을 배경으로 막 불을 밝히기 시작한 공중그네가 여전히 같은 속도로 느리게 돌아가고 있었다. 그제야 나는 올라타는 사람도 내리는 사람도 없는 그 그네가 사실은 공중그네가 아니라, 시간의 실체를 실어 나르는 바늘 없는 시계라는 것을 깨달았다.

창밖에는 제복을 입은 경찰관 한 명이 — 유원지 경찰관이다 — 두 손을 허리에 대고 서 있었다. 그는 타일 모양의 벽돌 길 위를 느릿느릿 걷는 공작새를 바라보고 있었으므로 내 손짓을 금방 알아차리지는 못했다.

"무슨 일인 거지?"

공작새보다 더 느릿한 걸음으로 다가온 경찰관이 창가에 팔꿈치를 기댄 채 물었다.

"아버지가 없어졌어요."

나는 조그만 소리로 말했다.

"언제?"

경찰관의 목소리는 친절했지만, 전혀 큰일이라고 여기지 않는 기색이 역력했다.

"어젯밤에 아버지가 책을 읽어준 다음, 불을 끄고 우리는 잠이 들었는데 아침에 일어나보니 아버지가 보이지 않아요."

"이런, 큰일이 났구나." 경찰관은 조금은 생각에 잠긴 표정으로 우리의 플라스틱 컨테이너 안을 흘끔 들여다보았다. "그런데 아버지가 어디 다른 곳에 잠시 나간 건 아닐까. 네가 이렇게 늦잠을 자니 말이야. 식당에 갔거나 산책을 갔거나."

"하지만 하루 종일 기다려도 돌아오지 않는 걸요."

"이런, 큰일이 났구나." 이번에 경찰관의 말투는 한

숨처럼 들렸다. "그렇다면 네 아버지를 내가 좀 찾아보도록 하지. 아버지 이름은 뭐지? 그리고 아버지는 어떻게 생겼는지 말해봐라."

나는 아버지의 이름과 아버지의 생김새를 설명해주었다.

"그것 참 어렵겠구나." 이번에 경찰관은 노골적으로 한숨을 푹 쉬었다. "네 아버지의 이름은 정말로 흔한 이름이니 말이다. 게다가 생김새도 너무 평범하잖니. 길 가는 남자들을 모두 붙들고 일일이 네 아버지가 아니냐고 물어봐야 할 것 같다." 그리고 그는 실제로, 무슨 일인지 내가 채 깨닫기도 전에, 커다란 소리로 아버지의 이름을 외쳐 부르는 것이었다. 그러자 정말로, 유원지 곳곳에서 아이들의 손을 잡고 돌아다니던 모든 남자들이, 각양각색의 외양을 한 크고 작은 모든 남자들이 일제히 고개를 돌리고 경찰관을 쳐다보았다. 내가 바로 그 사람인데, 무슨 일인가요? 하고 질문하는 눈빛으로.

"거 봐라. 내 말이 맞지." 경찰관은 자신이 맡은 임무가 상상 이상으로 어려운 일임을 인정해달라는 표정이었다. "게다가 저 남자들이 모두 네가 묘사한 네 아버지의 그림인 듯 흡사하잖니."

그의 말은 틀리지 않았다.

"그런데 넌 이름이 뭐지?"

"눈아이." 나는 눈길을 내리깐 채 침대 아래에 떨어져 있는 빨치산 여자아이 동화책에 시선을 주면서 대답했다. 경찰은 아무런 의심도 없이 수첩을 꺼내 연필로 내 이름을 적어 넣었다.

"그것 참 신기하구나." 경찰은 새삼스럽게 내 얼굴을 빤히 쳐다보았다. "내 딸 이름도 눈아이였는데."

잠시 후 나는 경찰서의 긴 나무 벤치에 앉아 있었다. 내 곁에는 커다란 여행 가방이 있었다. 내가 있는 방은 수십 명의 아이들로 가득했다. 나보다 큰 아이도 있었지만, 작은 아이들이 더 많았고, 심지어 유모차에서 빽빽 울고 있는 갓난아기도 있었다. 우리는 유리문에 '분실물-미아 센터'라는 글자가 붙어 있는 방에 있었다. 아이들은 모두 울고 있었다. 눈물을 흘리며 울고, 발을 구르며 울고, 주먹을 쥐고 유리창을 두드리며 울기도 했다. 울다 지치면 훌쩍거리고 딸꾹질을 하면서 잠이 들었다가, 잠시 뒤 기운이 나면 다시 울었다. 울지 않는 아이는 단 둘뿐이었다. 머리에 커다란 리본을 단 장님 여자아이 하나와, 그리고 나였다. 장님 여자아이는 등을 똑바로 펴고 곧은 자세로 앉아 있었기 때문인지, 방에 있는 아이들 중에서 가장 목이 길고, 가장 나이가 많아 보였다. 그녀의 눈동자는 가느스름하고 엷은 눈꺼풀에 덮여 있었다. 사방에서 들리는 울음소리 때문에 귀가 멍멍하고 머리가 아팠다. 여자 경찰관 하나가 쟁반에 음료수 병을 가득 들고 들어와 아이들에게 하나씩 나누어주자 울음소리는 곧 잦아들었다. 경찰관은 플라스틱 스푼으로 분홍색 음료수를 떠서 갓난아기에게도 먹였다.

잠시 후 경찰서 입구가 분주해지면서 사람들이 몰려

왔다. 그들은 기마대처럼 발을 맞추어 달려왔다. 아이들이 있는 미아 분실물 센터는 순식간에 아수라장으로 변했다. 사람들은 소리를 지르고 울부짖고 외치고 심지어는 바닥을 데굴데굴 구르기도 했다. 여자들은 머리를 풀어헤치고 남자들은 흥분해서 눈자위에 핏발이 서고 입가에는 침을 뚝뚝 흘렸다. 장님 여자아이가 누군가에게 손목을 잡혀 나갔고, 뒤를 이어 갓난아기를 실은 유모차도 방을 나갔다. 아이들은 하나하나 내 주변에서 사라졌다. 거짓말처럼 짧은 순간, 방은 텅 비었고, 빈 음료수 병과 잃어버린 장난감, 바닥에 떨어진 분홍색 음료수 방울, 사용한 기저귀, 그리고 아이들의 냄새만 뒤에 남았다.

나는 문으로 달려가 유리를 주먹으로 두드렸다.

키가 아주 큰 여자가 유리문 앞을 지나갔다.

나를 이곳으로 데려온 경찰관이 그 여자의 뒤를 따랐다.

머리에 리본을 단 장님 여자아이가 경찰서의 문을 나서는 것이 보였다. 서 있는 여자아이의 목은 더욱 길어 보였다. 장님 여자아이의 손을 잡아끄는 것은, 비록 뒷모습뿐이지만 아버지처럼 보였다. 나는 소리를 질러서 그들을 멈추게 하려고 했다. 아버지는 뭔가 착각한 까닭에 장님 여자아이를 나라고 믿고 데려가려는 것이 분명했다.

벽에 걸린 시계는 바늘이 없었다.

갑자기 유리문이 열렸다. 그리고 조금 전의 경찰관이 키 큰 여자와 함께 들어왔다. 가까이서 보니 여자의 키는 정말로 커서, 아마도 2미터는 되어 보였다. 굽이 높은 구두를 신었고 머리까지 높이 틀어 올리고 있었으므로 더욱 커 보이는 듯했다. 여자는 종이처럼 메마르고 윤기 없이 하얀 낯빛에 왼뺨에는 자주색 반점이 있었다.

"눈아이야, 네 아버지에게 널 데려가줄 방법을 찾았단다. 그러니 이제 걱정할 필요가 없어."

경찰관은 기쁜 듯이 말했다. 이제 보니 그는 아주 선량한 사람이었다. 살짝 아래로 처진 눈꼬리는 피곤하고 게을러 보였지만 눈빛은 아주 유순하고 따뜻했다. 내가 뭐라고 말할 사이도 없이 내 손은 키 큰 여자의 손 안에 들어 있었다. 하지만 나는 다른 손으로 가방을 움켜쥐는 것을 잊지 않았다.

"그건 뭐지?" 키 큰 여자가 내 가방을 손가락으로 가리키며 물었다.

"이건 내 가방이에요, 아줌마."

"아줌마가 아니라 선생님이라고 불러야 한단다. 이분은 경찰 소속의 아동심리학자니까." 경찰관이 이렇게 주의를 주었지만 키 큰 여자는 별다른 표정 변화 없이 내 가방을 빤히 쳐다보기만 했다.

"그렇다면 그 큰 가방을 들고 스키타이족의 무덤까지 가겠단 말인 거니?" 하고 여자가 진지하게 물었다. 그녀가 말을 할 때 황새처럼 기다랗고 마른 목이 까딱까딱 움직였다.

"스키타이족의 무덤이 어디인데요?"

"여기서 아주 멀어. 네 아버지가 거기 있을 거라는 말을 들었다. 그래서 우리는 널 그곳으로 데려다줄 사람들을 수소문해서 찾아냈어." 경찰관이 말했다. 우리는 어느새 경찰서 복도를 지나가는 중이었다.

"하지만 그 전에 나와 잠시 이야기를 나누는 편이 좋겠지." 이렇게 말하면서 키 큰 여자는 자신의 사무실인 듯한 방문을 열고 나를 먼저 들어가게 했다. "어쨌든 그게 내 일이니까. 부득이한 사유로 경찰서에 온 아이들과 대화를 나누는 것 말이다."

키 큰 여자는 커다란 책상 뒤편 자신의 자리로 가서 앉았다. 그녀의 기다란 몸이 불안하게 자리를 잡자 낡은 의자가 삐걱거렸다. 나는 그녀의 맞은편, 등받이 없는 동그란 의자에 기어올라가 앉았다. 의자는 높아서 내 발은 바닥에 닿지도 않았다. 가방은 의자 곁에 두었다. 넓은 사무실은 책상과 의자 말고는 아무런 가구도 없이 황량했다. 책장이나 캐비닛이나 화분도 없었다. 심지어 책상 위에도 물건이라곤 하나도 없이 깨끗했다. 사방의 벽은 병원처럼 흰색이었다. 장식이라고 할 만한 것은 단 하나, 책상 뒤 그녀의 머리 위 벽에 걸린, 바람이 휘몰아치는 구릉을 찍은 사진 액자가 전부였다. 흰 구름이 안개처럼 퍼진 구릉 위에는 돌과 이끼로 만든 작은 오두막이 한 채 보이고 그 뒤에는 기묘할 정도로 대칭을 이룬 날카로운 바위산이 솟아 있었다. 바위산 꼭대기는 구름에 가려 보이지 않았다.

"저 사진이 스키타이족의 무덤인가요?" 내가 키 큰

여자 심리학자에게 물었다.

"네가 그렇게 생각하고 싶다면." 여자 심리학자는 왼뺨의 자주색 반점을 긁적거리며, 사진은 쳐다보지도 않고 대답했다. "사실은 나도 가보지 않아서 그곳이 정확히 어떻게 생겼는지 모르지만, 중요한 것은 그 지역이 스키타이족의 무덤이라고 불린다는 사실이지, 어떻게 생겼느냐는 그다지 문제 삼을 필요가 없을 테니까 말이야."

"아버지는 왜 저곳으로 갔나요?"

"좋은 질문이야."

여자 심리학자는 책상 서랍을 열고 노트와 연필을 꺼냈다. 그러고는 주머니에서 안경 케이스를 꺼내 알이 조그만 안경을 코에 올렸다. "하지만 질문은 우선 내가 너에게 좀 했으면 하는데, 그래도 되겠니?"

"무슨 질문인데요?"

"제발," 여자 심리학자는 안경알 너머로 나를 빤히 바라보면서 정색하는 목소리로 말했다. "질문에 질문으로 대답하는 건 좋은 습관이 아니야."

"그러면 이해하지 못하는 질문에는 어떻게 대답해야 하나요?"

여자 심리학자는 정말로 화가 난 표정이 되었다.

"자, 첫 번째 질문." 그녀는 내 말을 무시한 채 내 눈을 똑바로 보면서 물었다. "이건 너를 보자마자 떠오른 내 개인적인 질문이기도 해. 눈아이, 넌 여자애인가 아니면 남자애인가."

"……."

"설마 모르는 건 아니겠지."

"난 일곱 살 생일까지는 남자애예요. 그리고 이후에 여자애가 돼요."

"그게 무슨 소리지?" 여자 심리학자는 엄격한 눈길로 사내아이처럼 짧게 깎은 내 머리와 푸른색 셔츠, 그리고 무릎까지 오는 보이스카우트 반바지를 쳐다보았다.

"여왕 때문이에요."

"여왕 때문이라니?"

"아버지는 여왕이 어린 여자아이를 잡아가서 새로 만들어버리기 때문에 남자로 변장을 해서 여왕을 속여야 한다고 했어요. 여왕은 여자아이가 변해서 된 새들의 울음소리를 제일 좋아하니까요. 그래서 난 머리를 사내아이처럼 짧게 하고 다녔죠. 사내애처럼 바지를 입고, 사내애인 것처럼 말해요. 그러다 일곱 살이 넘으면 이제 여왕에게 잡혀갈 위험이 사라진 셈이니 여자아이로 살아도 좋은 거래요. 아직 일곱 살 생일이 되려면 일주일이 남았으니깐, 지금 난 사내애예요."

"그래 알았다. 그럼 두 번째 질문." 여자 심리학자는 안경을 치키며 질문이 적힌 노트로 눈길을 주었다. "너와 아버지 두 사람만이 살았다면, 그러면 네 어머니는 어디에 있는 거지?"

"어머니는 서커스에서 일해요. 아버지가 직업이 없기 때문에 어머니가 나를 낳은 이후에도 아이가 있다는 사실을 숨기고 서커스에서 일해야 한다고 아버지가 말해 주었어요. 아이를 낳은 여자는 서커스에서 일할 수 없으니까요. 아버지는 원래 서커스의 조련사였어요. 눈표범 조련사요. 아버지는 어머니를 서커스에서 알게 된 거죠. 하지만 서커스에 단 한 마리 있던 눈표범이 죽어버렸어요. 어느 한겨울 눈 오는 날 우리 밖으로 뛰쳐나온 눈표범을 경찰관이 총으로 쏘았거든요. 그것은 이 세상 최후의 눈표범이었어요. 사실상 눈표범은 이미 멸종된 동물이었으니까요. 그래서 눈표범은 이제 어디에도 없고, 따라서 아버지는 더 이상 조련사로 일을 할 수가 없었어요. 내가 태어난 이후로 나를 돌본 건 아버지예요. 어머니는 곁에 있지만 보이지 않아요. 아버지는 항상 어머니 이야기를 했지만 난 어머니 얼굴을 본 적이 없어요."

"서커스라면, 지금 유원지에서 공연 중인 그 서커스를 말하는 거니?"

"네 맞아요. 서커스는 짧게는 한 주일 동안, 길게는 한 달 정도 공연을 마친 뒤에는 다른 장소로 떠나요. 그러면 나와 아버지도 자동차를 타고 뒤를 따른답니다. 서커스가 다음 공연을 위해서 어디로 갈지, 우리는 미리 알 수 없어요. 그리고 날씨가 안 좋거나 추운 겨울에는 공연이 없답니다. 그럴 때 서커스는 공터에 텐트를 치고 캠핑을 해요. 우리는 서커스 캠프가 눈에 들어오는 거리에, 하지만 너무 가깝지는 않은 곳에 머물러요. 밤에 내가 잠이 들면 아버지는 몰래 어머니를 만나러 간다고 말했어요. 반드시 내가 잠이 든 다음에요. 반드시 내가 꿈속으로 들어간 다음에요. 너무 위험하므로 나는 가면 안 된다고 했죠. 어머니가 눈에 보이면, 그것은 우리에게 수입이 끊어진다는 의미와 같으니까요. 어머니는 내 꿈속에서만 있어야 해요. 그리고 내가 꿈에서 깨어나면, 아버지는 항상 내 곁에 돌아와 있었어요."

"어머니는 서커스에서 어떤 일을 하지? 곡예사인가?"

"어머니는 여자 마술사예요. 어머니의 특기는 모습을 보이지 않게 하는 마술이라고 들었어요. 어머니는 지금 내 나이였을 때부터 그 마술을 했어요. 어머니는 검은 두건이 달린 외투를 걸치고 무대에 등장해요. 깊고 큰 두건에 가려 어머니의 얼굴은 보이지 않아요. 사람들은 숨을 죽이며 긴장하죠. 어머니는 두건을 벗어요. 그러나 그 안에 어머니의 머리는 없고 두건은 공허하게 풀썩 가라앉아요. 어머니는 외투를 벗어요. 그런데 어머니의 몸이 있어야 할 그 자리에 아무것도 들어 있지 않아요. 외투는 공허하게 풀썩 무대에 가라앉아 버리죠. 두건 달린 외투, 그것이 어머니의 전부이자 잔해로 남아요. 사람들은 잠시 동안 말을 잊어요. 그리고 조금 뒤, 마술사의 조수가 와서 보이지 않는 어머니의 몸에 다시 외투를 걸쳐요. 그리고 두건을 머리에 씌우죠. 그러면 어머니는 다시 어머니가 되어요. 어머니는 손을 들어 관객들에게 인사해요. 어머니는 걸어서 무대 뒤로 돌아가요. 무척 간단하고, 오락적인 내용도 없어요. 하지만 그것이 우리 가족의 유일한 생계 수

단인 거죠. 그래서 아버지가 걱정을 떨쳐버리지 못한다는 것을 난 잘 알고 있어요. 왜냐하면 완전히 모습을 사라지게 하는 마술은 매우 많은 에너지를 필요로 하기 때문에, 어머니는 마술을 한 번씩 진행할 때마다 알아차리지 못하게 조금씩 소모되어 간다고 해요. 소모된다는 것은, 모습이 다시 돌아올 때 점점 더 힘들어진다는 뜻이죠. 사라지는 방식은 테크닉이고, 회귀하는 방식은 에너지라고 했어요. 마술이 능숙한 어머니는 사라지는 데 어려움을 겪지는 않지만, 나이가 들수록 이제 점점 더 다시 돌아오기가 힘들어진다고 해요. 이미 오래전부터, 거의 일생 동안 그 마술을 해왔기 때문에 어머니는 상당히 많이 소모되어버린 상태예요. 만약 어머니가 다시 돌아오는 데 너무 오랜 시간이 걸린다면, 관객들은 지루해할 거예요. 그들은 어머니의 회귀를 기다리지도 않은 채, 텅 빈 어머니를 놓아두고 하품을 하면서 서커스를 떠나버리겠죠. 그러면 어머니는, 아버지가 그랬던 것처럼 더 이상 서커스에서 일할 수 없을 거예요. 그러면 당연히 우리는 돈을 구할 수 없구요. 하지만 다른 무엇보다도 아버지가 가장 두려워하는 것은, 어느 날 늙고 기운이 몽땅 소진된 어머니가 다시는 회귀하지 못하는 일이 발생하는 거죠. 그러면 우리는 돈도 없고, 어머니도 없는 거예요. 그래서 나는 빨리 자라면 안돼요. 내가 자라난 만큼 어머니가 늙을 테니까요."

"알았다. 그러니까 너는, 아버지를 찾아가겠다는 거로구나. 네 어머니가 바로 곁에 있는데도 말이지?"

"그래요, 사실 나는 어머니를 모르니까요. 그리고 어머니도 나를 알아보지 못할 거예요. 이미 말했듯이 나는 단 한 번도 어머니 얼굴을 본 적이 없어요. 나를 돌봐주는 사람은 아버지예요."

"네 아버지는 아주 먼 곳에 있다고 하는구나."

"스키타이족의 무덤……."

"물론 그곳은 그냥 그렇게 불릴 뿐이야. 넌 그 사실을 잊으면 안 된다. 그건 어느 한 장소의 이름일 뿐이라고. 실제로 스키타이족이나 무덤을 연상하면 안 돼."

"그런데 왜 아버지는 그곳으로 갔을까요?"

"좋은 질문이야." 여자 심리학자는 노트를 덮으면서 말했다. "어쨌든 오늘은 너무 늦었으니 내일 아침에 떠나도록 해라. 그리고 네가 있던 숙소는 이미 계약이 만료되었어. 그러니 오늘은 그냥 여기서 자도록 해."

"이 방에서요?"

"그래."

여자 심리학자는 서랍을 열고 노트를 집어넣은 다음 꽃무늬가 들어 있는 따스한 이불 하나, 폭신한 베개 하나, 캠핑용 공기 매트리스를 하나 꺼내 책상 위에 펼쳤다. 그러자 순식간에 책상은 침대로 변했다. 창밖은 어느새 어둠이 내려 깜깜했다. 네모난 밤이 그 밖에 있었다. 여자 심리학자는 마지막으로 서랍 속에서 분홍색 음료수가 든 병을 꺼내 나에게 내밀었다.

"이것을 먹고 자도록 해라. 내일 아침 일찍 사람들이

와서 널 스키타이족의 무덤으로 데리고 갈 거야." 여자 심리학자는 내 목까지 이불을 덮어주었다.

유원지 서커스의 북소리가 들렸다. 둥둥둥. 가느다랗고 높은 뼈 피리 소리도 들려왔다. 삘리리삘리리. 아이들의 웃음소리, 사람들의 말소리도 들렸다.

"서커스가 공연을 시작하나 보다." 창가로 다가가서 서커스 천막의 불빛을 찾아보려고 했다. 하지만 이 방의 창은 서커스 천막이 있는 곳과는 반대 방향으로 나 있어서, 서커스도 공중그네도 전혀 보이지 않았다.

여자 심리학자는 다시 서랍을 열고 두건 달린 긴 검은 외투를 꺼내 어깨에 걸쳤다. 그녀의 얼굴이 두건 속에 폭 파묻혔다. 그녀는 검은 외투 속에 잠긴 그늘로 변했다.

"그럼 잘 자라."

그녀는 방을 나가면서 벽에 달린 스위치를 내려 불을 껐다. 나는 잠이 오지 않았다. 이불 밖으로 손을 내밀어 책상 옆에 놓인 가방을 만져보려고 했으나 팔이 짧아서 가방까지 닿지 않았다. 어슴푸레한 어둠의 농담 속에, 가방은 그 자리에 있었다.

전혀 피곤하지 않았지만 이상하게도 나는 어느새 잠이 들었다. 그리고 내가 잠이 들자마자, 여자 심리학자가 와서 나를 흔들어 깨웠으므로 나는 아무런 꿈도 꾸지 못한 채 다시 눈을 떴다. 창밖은 여전히 어두웠다. 여자 심리학자는 방을 나가기 전과 똑같이 두건이 달린 검은 외투 차림이었다.

"지금 떠나야 해." 여자 심리학자는 서둘렀다. "지금 널 태우고 갈 트럭이 밖에서 기다리고 있어."

"이제 꿈이 시작되는 건가요?"

"바보 같은 소리 하지 마라."

"트럭을 타고 가나요?"

"그래."

나는 여자 심리학자의 뒤를 따라 경찰서 밖으로 나왔다. 보이지 않는 비가 내리고 있었다. 길을 잘못 든 세상이 구름 속으로 들어와버린 것 같았다. 짙은 안개 속에서 불을 밝힌 공중그네가 돌아가는 것이 멀리 희미하게 보일 뿐이었다. 세상이 오직 안개와 공중그네로만 이루어진 것 같았다. 그 어떤 소리도 들리지 않았다. 여름인데도 날은 이상스럽게 차가웠으며 공기는 회색이고 무거웠다. 여자 심리학자는 입고 있던 두건 달린 검은 외투를 벗어 나에게 입혀주었다.

"비가 오니까 이걸 입고 가도록 해라." 엄청나게 키가 큰 그녀의 외투는 당연히 나에게 터무니없이 커서 나는 그대로 외투 속에서 사라져버릴 것만 같았다. 외투 자락이 절반이나 바닥에 질질 끌렸다.

"하지만 이 옷은 너무 큰 걸요."

"앞으로 계속해서 날씨가 추워질 테니 입고 가는 편이 좋을 거야."

그녀는 긴 옷소매를 절반이나 접어서 내가 손을 내밀고 가방을 들 수 있게 해주었다.

"트럭에 널 데려다줄 사람들이 기다리고 있어."

"트럭은 어디 있나요?"

"이제 곧 도착할 거야."

이 말이 끝나기가 무섭게 나는 갈라진 땅에서 솟아난 것처럼 트럭 앞에 서 있었다.

원래는 말 운반용인 트럭은 산처럼 거대해 보였다. 고개를 들어 위를 보니 트럭의 짐칸은 이미 사람들로 가득했다. 그래도 누군가 손을 뻗어 나를 끌어올려 주었다. 손은 누렇고 넓은 옷소매에서 튀어나왔고, 엄지를 포함한 열 개의 손가락 모두 금빛 반지를 끼고 있었다. 하지만 손의 주인은 볼 수 없었다.

배수아

프란츠 카프카 연보

1883년 — 7월 3일, 당시 오스트리아·헝가리제국의 일부였던, 현재 체코의 서부에 해당하는 보헤미아의 수도 프라하에서 독일어를 사용하는 체코계 유대인 상인 헤르만 카프카와 그의 아내 율리에(처녀명 뢰비)의 장남으로 출생. 이후 태어난 다섯 동생 중 남동생 둘은 영아기에 죽고, 여동생 셋은 훗날 아우슈비츠 수용소에서 사망함. 카프카는 특히 ('오틀라'라 불린) 막내 여동생 오틸리에와 친하게 지냄.

1889~93년 — 프라하 구시가지에 있는 독일계 초등학교에 다님.

1893~1901년 — 프라하 구시가지에 있는 독일계 김나지움에 다님.

1900년 — 여름, 체코 동부 모라비아 지방 트리시의 시골 의사였으며 평생 독신으로 산 외삼촌 지크프리트 뢰비(Siegfried Löwy)의 집에 머묾(이후 카프카는 외삼촌에게서 영감을 받아 단편 「시골 의사」를 쓰게 된다).

1901~6년 — 프라하의 독일계 학교인 카를페르디난트 대학교에서 독문학 공부, 법학 전공(1906년 알프레트 베버[Alfred Weber]의 지도로 법학 박사 학위 취득).

1905년 첫 단편 「어느 투쟁의 기록」 집필.

막스 브로트와 교제 시작. 세 명의 대학 친구 막스 브로트, 오스카어 바움, 펠릭스 벨치와 정기적으로 모이기 시작함. 이들은 후에 프라하의 유대계 문학인 모임 '프라하 서클'을 형성한다.

1906~7년 — 지방법원과 형사 법원에서 법관 시보.

1907~8년 — 이탈리아계 보험회사 '아시쿠라치오니 제네랄리(Assicurazioni Generali)'에서 약 9개월 근무.

1908년 — 3월, 프라하 소재 '보헤미아 왕국 노동자 재해보험 공사'에 입사. 카프카는 이곳에서 14년간 근무한 후 1922년 퇴직한다.

3월, 문예지 『히페리온(Hyperion)』에 '관찰'이라는 제목으로 8편의 글을 발표함. 이 글들은 1912년 카프카의 다른 글들과 함께 동명의 첫 작품집을 이루게 된다.

1910년 — 일기를 쓰기 시작하다.

1910~2년 — 막스 브로트와 함께 외국으로 여행을 떠남. 프랑스 파리, 북부 이탈리아, 독일 라이프치히와 바이마르 등 방문.

이차크 뢰비 등 프라하에서 공연하던 폴란드 출신 유대인 극단의 배우들과 친교를 맺고, 이들의 연극뿐 아니라 유대교의 전통에도 심취한다.

1912년 8월, 브로트의 소개로 베를린 출신의 펠리체 바우어를 알게 된다. 한 달 후 이들은 서신 왕래를 시작한다. 브로트는 또한 라이프치히에서 출판인 에른스트 로볼트(Ernst Rowohlt)와 쿠르트 볼프(Kurt Wolf)를 카프카에게 소개해준다.

단편소설 「판결」과 「변신」, 첫 장편소설 『실종자』의 일부를 쓴다.

이해 말, 18편의 짧은 글이 묶인 카프카의 첫 작품집 『관찰(Betrachtung)』이 에른스트 로볼트 출판사에서 출간된다.

12월 4일, 카프카는 프라하 작가 모임에서 「판결」을 낭독하며 데뷔한다.

1913년 — 3월, 베를린에 있었던 펠리체의 집을 처음 방문한다. 펠리체와 활발히 서신 교환.

두 번째 책 『화부(Der Heizer)』가 쿠르트 볼프 출판사에서 '최후 심판의 날' 시리즈 중 한 권으로 출간된다. 이는 『실종자』의 첫 장(章)이 별도로 출간된 것이다.

11월, 펠리체의 친구 그레테 블로흐와 만나고, 이후 그레테와도 서신을 교환한다.

1914년 — 펠리체와의 첫 번째 약혼. 이들은 6주 후 파혼한다. 『소송』, 「유형지에서(In der Strafkolonie)」 집필.

1915년 — 3월, 프라하 시내에 방을 얻어 독립한다. 폰타네상 수상자인 독일 작가 카를 슈테른하임(Carl Sternheim)이 상금 전액을 "존경의 표시"로 모두 카프카에게 인계한다.

10월, 『변신』 출간(쿠르트 볼프 출판사).

1916년 — 펠리체와 친밀한 관계를 회복함. "우리의 계약은 간단하다. 전쟁이 끝나자마자 결혼한다는 것이다."

10월, 『판결』 출간(쿠르트 볼프 출판사).

1916~7년 — 여러 단편과 산문(『시골 의사』에 수록된 대부분의 글들)이 연금술사 거리의 작업실에서 탄생한다.

1917년 — 쇤보른 궁 작업실 입주. 히브리어를 공부하기 시작한다.

폐결핵 발병.

프라하에서 펠리체와 두 번째로 약혼하고 파혼한다.

1917~8년 — 북부 보헤미아의 취라우, 프라하 북쪽 셸레젠에서 요양.

다수의 아포리즘을 씀.

1919년 — 율리에 보리체크와 사귐(약혼 후 이듬해 파혼).

『아버지에게 보내는 편지』 집필.

5월, 『유형지에서』 출간(쿠르트 볼프 출판사).

1920년 — 메란에서 요양.

체코 출신 기자였으며 카프카 작품의 체코어 번역가였던 유부녀 밀레나 예젠스카와 서신 교환 시작.

5월, 두 번째 단편집 『시골 의사』가 출간됨(쿠르트 볼프 출판사).

1921년 — 마틀리아리(슬로바키아 타트라 고지대)에서 요양. 역시 환자이자 의대생이었던 로베르트 클롭슈토크(Robert Klopstock)와 친교를 맺음.

밀레나에게 10년간 쓴 일기를 건네주고, 일기를 새로 쓰기 시작한다.

브로트에게 자신의 사후 발견되는 모든 원고를 불태워줄 것을 부탁한다. 카프카는 이후 1922년 11월에도 브로트에게 동일한 부탁을 한다.

1922년 — 마지막 장편소설 『성』과 단편 「단식 광대(Ein Hungerkünstler)」, 「어느 개의 연구(Forschungen eines Hundes)」 집필.

7월, 퇴직.

10월, 밀레나에게 『성』 원고를 건넴.

1923년 — 여행지에서 만난 마지막 연인 도라 디아만트(Dora Diamant)와 사귐.

베를린으로 이사함.

「굴(Der Bau)」 집필.

1924년 — 후두결핵. 브로트가 카프카를 프라하로 데려감.

마지막 단편소설 「가수 요제피네 혹은 쥐 종족(Josefine, die Sängerin oder Das Volk der Mäuse)」 완성.

오스트리아의 요양소에서 도라 디아만트와 로베르트 클롭슈토크가 그를 돌봄.

6월 3일, 오스트리아 클로스터노이부르그 인근의 키얼링 시호프만 요양소에서 사망. 11일, 프라하의 슈트라슈니츠 유대인 묘지에 매장됨.

워크룸 문학 총서 '제안들'

일군의 작가들이 주머니 속에서 빚은 상상의 책들은 하양 책일 수도, 검정 책일 수도 있습니다. 이 덫들이 우리 시대의 취향인지는 확신하기 어렵습니다.

1 프란츠 카프카, 『꿈』, 배수아 옮김
2 조르주 바타유, 『불가능』, 성귀수 옮김
3 토머스 드 퀸시, 『예술 분과로서의 살인』, 유나영 옮김
4 나탈리 레제, 『사뮈엘 베케트의 말 없는 삶』, 김예령 옮김
5 마세도니오 페르난데스, 『계속되는 무』, 엄지영 옮김
6 페르난두 페소아, 산문선 『페소아와 페소아들』, 김한민 옮김
7 앙리 보스코, 『이아생트』, 최애리 옮김
8 비톨트 곰브로비치, 『이보나, 부르군드의 공주/결혼식/오페레타』, 정보라 옮김
9 로베르트 무질, 『생전 유고/어리석음에 대하여』, 신지영 옮김
10 장 주네, 『사형을 언도받은 자/외줄타기 곡예사』, 조재룡 옮김
11 루이스 캐럴, 『운율? 그리고 의미?/헝클어진 이야기』, 유나영 옮김
12 드니 디드로, 『듣고 말하는 사람들을 위한 농아에 대한 편지』, 이충훈 옮김
13 루이페르디낭 셀린, 『제멜바이스/Y 교수와의 인터뷰』, 김예령 옮김
14 조르주 바타유, 『라스코 혹은 예술의 탄생/마네』, 차지연 옮김
15 조리스카를 위스망스, 『저 아래』, 장진영 옮김
16 토머스 드 퀸시, 『심연에서의 탄식/영국의 우편 마차』, 유나영 옮김
17 알프레드 자리, 『파타피지크학자 포스트롤 박사의 행적과 사상: 신과학소설』, 이지원 옮김
18 조르주 바타유, 『내적 체험』, 현성환 옮김
19 앙투안 퓌르티에르, 『부르주아 소설』, 이충훈 옮김
20 월터 페이터, 『상상의 초상』, 김지현 옮김
21 아비 바르부르크, 조르조 아감벤, 『님프』, 윤경희 쓰고 옮김
22 모리스 블랑쇼, 『로트레아몽과 사드』, 성귀수 옮김
23 피에르 클로소프스키, 『살아 있는 그림』, 정의진 옮김
24 쥘리앵 오프루아 드 라 메트리, 『인간기계론』, 성귀수 옮김
25 스테판 말라르메, 『주사위 던지기』, 방혜진 쓰고 옮김
26
27
28
29 샹탈 아케르만, 『브뤼셀의 한 가족』, 이혜인 옮김
30 알로이시위스 베르트랑, 『밤의 가스파르: 렘브란트와 칼로 풍의 환상곡』, 조재룡 옮김

31 에두아르 르베, 『자살』, 한국화 옮김
32 엘렌 식수, 『아야이! 문학의 비명』, 이혜인 옮김
33 리어노라 캐링턴, 『귀나팔』, 이지원 옮김
34 스타니스와프 이그나찌 비트키에비치, 『광인과 수녀/쇠물닭/폭주 기관차』, 정보라 옮김
35 스타니스와프 이그나찌 비트키에비치, 『탐욕』, 정보라 옮김
36 아글라야 페터라니, 『아이는 왜 폴렌타 속에서 끓는가』, 배수아 옮김
37 다와다 요코, 『글자를 옮기는 사람』, 유라주 옮김

제안들 1

프란츠 카프카
꿈

배수아 옮김

초판 1쇄 발행. 2014년 1월 31일
10쇄 발행. 2024년 7월 1일

발행. 워크룸 프레스
편집. 김뉘연
제작. 세걸음

ISBN 978-89-94207-34-6 04800
978-89-94207-33-9 (세트)
17,000원

워크룸 프레스
03035 서울시 종로구
자하문로19길 25, 3층
전화. 02-6013-3246
팩스. 02-725-3248
메일. wpress@wkrm.kr
workroompress.kr

옮긴이. 배수아—소설가, 번역가. 『철수』, 『붉은 손 클럽』, 『동물원 킨트』, 『이바나』, 『일요일 스키야키 식당』, 『당나귀들』, 『독학자』, 『훌』, 『에세이스트의 책상』, 『북쪽 거실』, 『올빼미의 없음』, 『서울의 낮은 언덕들』, 『알려지지 않은 밤과 하루』, 『뱀과 물』, 『멀리 있다 우루는 늦을 것이다』 등을 썼고, 사데크 헤다야트의 『눈먼 부엉이』, 페르난두 페소아의 『불안의 서』, 프란츠 카프카의 『꿈』, W.G. 제발트의 『현기증. 감정들』과 『자연을 따라. 기초시』, 로베르트 발저의 『산책자』, 클라리시 리스펙토르의 『달걀과 닭』과 『G.H.에 따른 수난』, 아글라야 페터라니의 『아이는 왜 폴렌타 속에서 끓는가』 등을 옮겼다.